書下ろし

淫謀

一九六六年のパンティ・スキャンダル

沢里裕二

祥伝社文庫

目次

第一章　ミスター・ムーンライト

1

十一月十三日。

マニラを飛び立った全日空機が羽田空港に降り立ったのは午後八時。定刻通りの到着だった。

日東フィルムズのディレクター沢田樹里は腕時計を見ながら到着ロビーに出た。すでに九時を回っていた。

——急がなくては……。

今夜のうちにＶＴＲをダビングに回さねばならなかった。そのために今回の出張では割高の羽田発着便を使用することが認められている。

樹里は足早に京急のホームへと向かった。

五反田の「タイガースタジオ」の受付終了は午後十時。間に合うかどうか、ぎりぎりのところだ。

引いている小型キャリーバッグの中には、衣類に混じって業務用ＶＴＲが一本入っている。欧州のテレビ局がよく使うＰＡＬ仕様のＶＴＲだった。

自社の編集スタジオではそのまま再生出来ないので、五反田にあるポストプロダクション「タイガースタジオ」でＮＴＳＣに変換してもらう予定になっている。

樹里は急いだ。

いまや映像の記録メディアはＨＤＤやＤＶＤなどが普及しているが、テレビ局ではＶＴＲも併用している。編集する際にはコマ送りが可能なテープのほうがスピーディに出来る場合がある。

それにしても日本と同じＮＴＳＣを採用しているフィリピンでＰＡＬ仕様のＶＴＲに収録されていたのは意外だった。

収録した人間がフィリピン国内でテープが盗まれても容易に再生出来ないように用心に用心を重ねたということだろう。

テープの中身は一九六六年のビートルズ東京公演だ。

ただし、ビートルズは映っていない。客席だけを収録した奇妙な映像だった。なぜこんな素材をマニラまで取りに行かされたのか、実は樹里自身もよくわからなかった。

チーフプロデューサーである中村晶子(なかむらあきこ)に出張を命じられただけなのだ。

樹里が勤務する日東フィルムズはニュース制作会社だ。

今年で創立五十年になる。社長はもともと東西(とうざい)テレビの報道部にいた人間で、二十六歳で起業している。

社長が東西テレビの出身ということがあってか、日東フィルムズは主にこの局の報道部の外部クルーの一翼を担っている。

ただしそれだけではない。独自に番組制作し、どこかの局に買い取ってもらうという仕事もしている。

テレビ局スタッフが身の危険を感じるようなロケを敢行し、スクープ番組を作り上げる手法は、一定の評価を得ている。

ただし今回に関しては、取材の要点がどこにあるのか、樹里はまったく聞かされていなかった。

チーフの中村晶子は、二週間前まで中国関係の資料ばかりをあさっていたはずなのに、三日前に突然、樹里にマニラにビートルズの映像を取りに行けと言い出したのである。

現地で樹里は映像を確認した。

テープを入手したマニラの制作会社にはPALの再生機が存在したのだ。

映像にはビートルズの四人は一切映されていなかった。そのかわりに、丁寧に客席が撮られていた。撮影者はスタンド席の七千人近くの客を、何度もパンニングを繰り返して撮影していたのだ。

そこに映っていた大多数は、歓声を上げる女性ファンだ。股間を押さえて、目を潤ませている女子も多い。同じ女として「どこ触りながら見ているんですかっ」と突っ込みたくなる。

スタンド席からはパンティも、降ってきていた。

いまの時代よりも、遥かに過激な女性たちだ。樹里にとっては、おばあちゃん世代だ。

客席には外国人の男女もたくさん映っていた。スポーツの国際試合の客席に似ていなくもない。ステージに熱中している人々ばかりではない。冷静に周囲を観察している大人たちもいる。テープはそれらの人々を克明に収録していた。

正直、わけがわからなかった。

もっとも制作意図を教えられないままに、資料集めをさせられるのは、よくある職場だ。それだけスクープの奪い合いが熾烈な業界だということである。

キャリーバッグを引きずりながら、京急のホームに降りた。

電車は待機していた。樹里は乗り込んだ。

これから五反田に向かう旨、晶子にメールを入れる。

すぐに返信があった。

【樹里、気を付けてね。そのテープ狙われているかも。あなたがマニラを飛び立った直後に制作プロに強盗が入ったみたい。社長がマスターを持ち帰った直後だったので、被害はなかったみたいだけど】

いやなメールだった。

樹里は車内を見渡した。もちろん見ただけで、自分を狙っている人間がいるかどうかなどわからない。

ここは平和ニッポンだし、自分はテレビディレクターであって、刑事でも諜報員でもない。気を付けてね、と言われても、いったいどう気を付けろ、というのだ。

思わず、ため息を吐いた。

電車が動き出した。

とりあえず、同棲中の岡本信一郎にもメールを入れる。

【こちら無事帰国】

とだけ打った。

岡本は翔栄社という出版社に勤務している。月刊芸能誌「モーニングスター」の副編集長だ。毎月十三日は校了日なので、徹夜になることが多い。彼が仕事に没頭しているところを邪魔したくはない。早朝になれば帰ってくるのだ。

明日はお互い休みだ。夕方まで寝て過ごし、それから有楽町に映画でも観に行こう。

窓外に東京の夜景が見えてきた。

あと少しの辛抱だ。このテープさえ、スタジオにぶち込めば、業務は終了したようなものだ。表参道のマンションに戻ってぐっすり眠れる。

大鳥居の駅が過ぎた。

ふと夜の街を映す車窓に、マニラで見た映像が被って見えた。

元々の映像は一九六六年当時、東京で通訳の仕事をしていたフィリピン人が個人的に撮影した八ミリフィルムである。当時二十七歳のフェルジナンド・カルロスという青年だが、すでに他界している。

このテープを貴重な音源として入手したマニラの制作会社はフェルジナンドの遺族から撮影のいきさつを聞いていた。

フェルジナンドはこの年の七月一日に、日本の広告代理店の通訳として日本武道館を訪れ、テレビ中継エリアへの立ち入り許可を得ていたという。

そして彼はこの日のために、わざわざ音声収録機能付き八ミリカメラを手に入れていたのだ。通訳という立場で手に入れた、日本メーカーの試作品だった。

音声収録機能付き八ミリカメラが、市販されるのは二年後の一九六八年である。

ところがせっかく八ミリカメラを手に入れたのに、当日、プロモーターからテレビ局の単独放映権の都合上、ステージを撮影することは固く禁じられ、見張り役まで付けられてしまったのだそうだ。

フェルジナンドは仕方なく、ステージに背を向けて、客席だけを撮影するしかなかったという。それでも音だけでも録音出来たので、満足だったらしい。

当時はまだ、音声収録機能の付いた八ミリカメラなど一般に普及しておらず、周囲の人間も気が付かなかったのが幸いしたらしい。

フェルジナンドとしては、絵は撮れなかったが、音を録ることは出来たのだ。わざわざステージに背を向け続けたのは、バレないための一種のポーズだったという。

全十一曲が収録されていた。

樹里の知っている曲もあれば、知らない曲もあった。

このライブ演奏に、樹里は熱狂した。一夜にしてビートルズへの印象が変わった。凄(すご)いライブバンドだったのだ。

一九八九年の生まれの樹里にとって、ビートルズサウンドとは、ある意味、生活の中に溶け込んだ、いわゆるＢＧＭ的な存在だったわけだ。

父親たちの世代にとっては偉大なロックバンドであっても、樹里にはコーラスグループぐらいにしか思えなかった。

ところが、このテープに刻まれた音を聞いて、印象は一変した。

四人の生の演奏は凄かった。

一曲目の「ロックンロールミュージック」で、鳥肌が立ち、四曲目の「デイ・トリッパー」のイントロを聞いたときには、もうアソコが濡れてぬれて、しょうがなくなっていた。

テープにも自分と同じように股間を押さえてうずくまる女性やステージに向かって、色とりどりのパンティが投げこまれていた。

さながらパンティショーだ。

一九六六年の女性たちはずいぶんと過激な声援の仕方をしていたものだ。いまなら、コンサートホールでパンティが乱れ飛ぶなんて考えられない。

それはともかく、このフィルムにはCDのように洗練されたミックスでは聞くことのできない、とにかく粗野でセクシーな音が刻み込まれていた。

東京の後がマニラ公演であった。そこでビートルズは公演後の大統領夫人の晩さん会に出席しなかったため、さんざんな目に遭い、このことから八月のサンフランシスコ公演を最後に、ついにライブ活動を終了する。

東京公演のビートルズはまさに「やる気のあった」最後のステージだったわけだ。

現在ではネットを検索しまくれば音はもちろん、映像も探し出すことが出来る。

樹里は家に帰ったら、もう一度あの音を聞きながら、ひとりエッチをしたいと思った。マニラでのスタジオでは出来なかったことだ。

品川で山手線に乗り換え、五反田駅で降りた。東口に出る。

初冬の空に蒼い月が浮かんでいた。肌寒かった。三日間マニラにいたので、少し感覚が鈍っていたようだ。寒いはずである。コートもブルゾンも着ていない自分にようやく気が付いた。十一月も半ばだ。寒いはずである。ブルゾンはキャリーバッグの中だ。

もう目黒川沿いにスタジオのビルが見えてきたが、樹里はここでバッグを開けた。ネイビーブルーのブルゾンを着る。ついでなので、VTRの入った黄色いビニール袋を取り出した。どうせあと百メートルだ。

ブルゾンを着終わったとき、背中に強い気配を感じて、振り返った。

二メートルほど後ろに男が立っていた。歩いているのではない。立ち止まったまま樹里を見ていた。

ずっと尾行されていたのかもしれない。樹里は戦慄を覚えた。

男は黒のコートを着て、焦げ茶色のボルサリーノ風ハットを被っていた。四十代ぐらいに見えた。一重瞼だ。

樹里はすぐに、前に向きなおった。駆け出す。

スタジオに飛びこもうと猛然とダッシュした。

十メートルも進まないうちに、肩を摑まれた。悲鳴を上げる暇などなかった。VTR入りのビニール袋を奪いとられる。

ヘッドライトを消した黒のアルファードが一台近づいてきた。拉致されると感じたので、咄嗟に目黒川に飛びこもうとした。その瞬間に腹に拳を打ち込まれていた。他人に暴力を振るわれた経験はなかった。痛いと思う前に恐怖で意識を失った。

樹里は意識を回復した。

頭痛がする。目を開けても、見えるのは闇だけだった。微かに揺れを感じる。呼吸をするたびに鼻腔にも刺激が走る。なにか強力な薬を嗅がされたのではないだろうか。

とりあえずここはベッドの上のようだった。薄い毛布が掛けられている。

手足は自由に動いた。つまり拘束はされていないということだ。手のひらでバストを触ってみた。乳首に当たった。もう一方の手を股間に伸ばした。指先がすぐに陰毛に触れた。

真っ裸にされていることが理解出来た。

恐る恐る、秘裂に指を伸ばしてみた。濡れてはいなかった。

どれぐらいの時間が経ったのか、まったくわからない。この間に、何をされたのかも判断できない。自分の感触では、凌辱はされていないのだと思う。ただしそれは漠然とした考えでしかなかった。

次第に目が慣れると、ベッドの脇にミネラルウォーターのペットボトルが置いてあるのがわかった。

正直、喉はカラカラに渇いていた。樹里はキャップを外し、飲んだ。一口飲んで、違和感を得たが、飲むのを止められなかった。身体がとにかく水分を求めているのだ。

すぐに眠くなった。

また眠れ、ということか？

それとも、このまま永遠に目が覚めないのかもしれない。

考えるのも面倒くさかった。

次に目覚めたときも、状況は同じだった。ひとりベッドに眠らされていた。相変わらず、部屋の中は闇が支配している。

いったいどれだけの時間が経ったのかもわからない。微かに潮の香りがした。

海の近くなのだろう。ぼんやりそんなことを思った。

殺されるかもしれないという恐怖感はあったが、叫び声をあげる気力はなかった。

そんなことは無駄なことのような気がする。

室内の温度は真っ裸でも耐えられるほどに設定されているようだった。すぐに殺す気はないのかもしれない。

拉致された理由の見当はつく。

自分は人質だ。

あのＶＴＲに隠された秘密を知る人間をおびき出すつもりだろう。樹里は寝返りを打った。

枕の下に何かある感じがした。硬い棒の様なものだ。半身を起こして、めくって見た。

新たなペットボトルとバイブレーターが置いてあった。

紫色の枝つき極太のバイブレーターだ。胴体の中心部に真珠玉のような回転層が別についている。

ペットボトルはわかる。水分だけは補給させるという意味合いと、これにも睡眠剤が混入されているとすれば、また寝かしつけるつもりなのだ。

人質をいちいち相手にするのは面倒なのかもしれない。

うるさい患者は眠らせておけという医者もいるという。六本木のクラブ友達の看護師から聞いた話だ。

しかしバイブはわからない。

なんで？

置かれている状況が状況だけに、樹里は混乱した。

ひとりエッチは人並みにしている。同棲しているカレシがいても、それは別腹だ。

バイブやローターの経験がないかと言えば、それも嘘になる。高校生の頃からローターは使っているし、バイブも多少は使う。

ときにはカレシの信一郎が前戯としてバイブを使うこともあった。

しかしこれほどの極太を挿入したことはない。

樹里はスイッチを入れてみた。亀頭部がいきなり振動した。だが無音に近い。

スイッチは三段階に分かれていた。もう一段先に押すと、枝が震えた。本体部から枝のように伸びたクリトリス用の嘴だ。人差し指で尖端に触れてみると、心地よい振動があった。この手の器具をマメに当てた経験のある者なら、確実に想像できる快適な振動だ。

さらにスイッチを切り替えると、今度は亀頭部が猛烈に首を振り始め、肉胴部の中央が回転しだした。真珠のような玉がぐりぐりと回っている。

激しく動く割に回転音は無音に等しい。

安心して使え、と言われているような気分だ。

暗闇の中で、蠢くバイブを見つめているだけで、発情してきた。もしも拉致した人間が覗いているのなら、自分はどこから見ても、うっとりしているように見えるに違いない。

股間の狭間に手を這わせると、全身に電流が走った。

もはやバイブを使うなというのが、無理な心境に追いやられる。

ベッドヘッドに背中をつけ、両脚をM字に開いた。それだけで猥褻な気持ちがマックスになる。

肉の鶏冠にバイブの嘴部を当ててみた。

「あぁあ」

すぐに極上の快感が駆けめぐってくる。薄襞の間から、粘蜜がこぼれ落ちた。

片手で肉襞をV字に広げると、ぷっくらとした部分が飛び出してくる。今度はそこに亀頭部を当てた。振動を最大にする。

「んんんっ」

尖った肉芽がまっ平らになるまで押した。

「あぁああああああああ」

脳内が蕩けだし、じきに一回目の極点に見舞われた。何度も痙攣し、汗まみれになった。

それで終わりには出来なかった。

人生の窮地に立たされ、貪欲になっていた。挿入せずにはいられない。

バイブの亀頭部分を、女の泥濘に押し込んだ。ぬるぬるの肉層の中に、弾力のある樹脂の筒根が侵入してくる。軽い眩暈を覚えた。

考えてみれば、水と睡眠剤とバイブを与えられているわけだ。

食欲、睡眠欲、性欲の最低保証をしてくれているということだ。

まだ、殺すつもりはないということだ。

樹里は自分が置かれた困難な状況を忘却すべく、自慰に没頭した。何度も何度も、昇りつめ、くたくたになった。

「あぁああっ」

最後の絶頂を迎えて、ベッドの上に崩れ落ちた。ふたたび睡魔が襲ってくる。

微睡んだ瞬間に、いきなり扉が開いて、光の洪水のようなものが流れ込んでくる。これは自然光ではない。目が眩む。

扉から、撮影用のタングステンライトを翳した男が入ってきた。

真っ裸の身体に容赦なくライトを浴びせられる。熱い。だが、自慰のしすぎで疲労困憊していた樹里は、寝返りを打つことも困難だった。

バイブは樹里から体力を奪う、恰好の道具だったわけだ。

2

光を顔に当てられていた。視界は真っ白にしか見えない。樹里は必死に瞼を閉じた。

「どこまで知っている?」

光の向こう側で男の声がした。五反田で樹里を拉致した男だろう。顔は見えないが頭髪の匂いが同じだった。

「私は何も知りません。このことも誰にも話しません。ですから帰してください」

樹里は男に懇願した。男は咳払い(せき)をした。ライトをさらに近づけてきている。

「あんたに、マニラに行くように指示したのは、誰かね？」

「上司のプロデューサーです」

「名前は？」

「中村晶子さんといいます」

他人の未来まで心配している余裕はなかった。

「目を開けろ」

男に命じられて、おそるおそる瞼を開けた。瞬間、目に激痛が走った。真昼の太陽を見上げたような痛さだ。顔を背け(そむ)た。頰を光熱が刺す。一瞬、男の顔が見えた。やはり五反田で、襲いかかってきた男だ。

「あなたは、テープを見たんだね」

目の縁を照らされながら訊か(き)れた。

「マニラで見ました。でも、客席が映っているだけで、私には意味がまったくわかりません」

「『ペーパーバック・ライター』は何曲目か覚えているか？」

頬の皮膚が爛れてしまうのではないかと思うほどに、ライトの威力が強い。

「覚えていません。タイトルを言われてわかるのは『イエスタデイ』ぐらいです」

正直に伝えたつもりだ。本当にそのぐらいのことしか知らない。

「股を開け」

男は全然違う角度の命令をしてきた。樹里はあわててM字開脚をした。

「陰唇を広げて、中を見せろ」

「は、はいっ」

人差し指と中指で懸命に肉扉を広げようとしたが、震えてなかなかうまくいかなかった。三度目で、ようやく大陰唇と小陰唇の両方を押し広げる。こんな状況なのに、とろ蜜まみれになっているのが恥ずかしかった。

その股の谷間にライトが当てられた。

「あうっ」

ピンクの粘膜が照射される。恐怖のどん底にいるのに、感じた。男にじっとそこを覗かれているような気がした。実際には男の視線がどこにあるのかわからない。

「マニラでは他にどんなことを聞いた？」

「……撮影者は他界してることぐらいです。提供者も音楽的な価値以外、何もわからないようです……あぁっ」

　小陰唇が熱くてたまらない。すると男は、光の芯をやや上方に向けた。

「いやっ」

　クリトリスを包む表皮に光が刺さる。

「そこを剝きだせ」

　男の声はあくまでも冷静だった。樹里は言われた通りにした。剝いてパールピンクの真珠玉を露出させれば、どうなるか、想像もつかなかった。

　ぬるっ、と肉芽を取り出した。じゅっ、と焼かれるような刺激が走る。

「あぁあああああああ」

　指で突かれるよりも、強力な痛みに、樹里はのけ反った。ブリッジするような体勢で後頭部から落ちた。

　男は執拗に肉芽を照射してきた。

「お願いです。私は本当に何も知らないんです。テープはもうあなたのものですから、自由にしてください。特別な何かが隠されていても、それについて、私はまったく知りません。業務としてマニラから受け取って来ただけですから」

　樹里は訴えた。男は女陰から光を外した。樹里は元の体勢に戻った。男は今度は上半身を照らしてくる。左右の乳房を往復するように当ててくる。

「私は、帰れないのでしょうか」

ごくありふれた日常生活が、ひどく懐かしいものに感じられた。早くそこに戻りたい。

「残念ながら、たぶん、二度と元の生活には戻れないな」

男は残忍な口調で言った。

「どうなるのでしょうか？」

「俺の愛人のひとりとしてなら、生きることは出来る。ただし、俺が気に入ればだ」

光の尖端を股間に戻した。観察しているようだ。樹里は媚（こ）びるように尻を振って見せた。条件反射のようなものだった。

「オナニーしながら舐（な）めろ」

男がファスナーを開け、肉筒を取り出した。まだ勃起はしていなかった。男が冷静であった証拠である。

男は片手でライトを翳したまま、直立していた。樹里は焦った。秘裂の狭間を指で扱（しご）きながら、ベッドから飛び降りて、男に歩み寄った。睡眠剤が効いてきたのだろう、床に跪（ひざまず）いたとき、揺れるような感じがした。

「口だけで舐めろ。玉や棹（さお）に手は添えるな。触ったら、その瞬間にあんたの命はない。いいな、それぞれの手で、乳房とまんこを弄ったまま、舐めろ」

男は不意を突かれるのを恐れているようだった。修羅場に生きてきた証拠だ。

「はいっ」

樹里は頷き、唇を開き、垂れ下がったままの男根の尖端を下から見上げるように咥えた。

とにかくこの男を満足させねば、生きることが出来ないのだ。

樹里はかつてどんな男にもしたことがなかったほどの丁寧さで奉仕を開始した。

不思議なことに屈辱感は感じなかった。世情から切れ離されてしまったせいかもしれない。人は世間体から解放されれば、意外とかなりなことに耐えられるようだ。

痛めつけられなければ、それだけでも幸福だ。そんなふうに意識が変わり始めていた。

勃起すると男は、樹里に後背位を求めた。もちろん自慰を中断することは許されなかった。

四つん這いになり、尻を高く掲げさせられる。秘孔を剛直で貫かれた。自分の指で乳首を摘まみ、さらには淫核を潰しながら挿入されたのは初めてだった。

得体のしれない快感が身体中を駆け巡り、脳まで痺れた。

「あぁあああ、いいっ。あなたが好きです」

「そうか、俺が好きになったか」

男は抜き差しをしながら言った。少し声が柔らかくなったようだ。樹里は嬉しくなった。

「あんたの想像でいい。そのプロデューサーは、何を探しているんだろう？」

太い亀頭で子宮を穿ちながら訊いてくる。自分ではなく子宮に訊いているような気がする。

「はうっ」

喘ぎながら、樹里は必死に考えた。

中村晶子が何を摑もうとしているのかに本気で思いを巡らせた。ヤマカンでしかない。だが答えた。

「彼女は、国交回復以前の中国の諜報活動について調べていたようです。そんなデータをかき集めていました」

一瞬、肉筒の抽送が止まった。樹里は自分から膣を送り返した。

「いい子だ。あんたは生き延びる才能がある」

男はライトを消して、猛烈に腰を打ってきた。真っ白だった視界がふたたび闇に包まれた。樹里は自分が深海へと沈んで行くようだった。

3

十一月十五日。午前十一時。

日東フィルムズの中村晶子は警察に行くべきかどうか、逡巡(しゅんじゅん)していた。部下の沢田樹里が忽然(こつぜん)と姿を消したのだ。

一昨日(おととい)のことだ。

二日間待ったのは、何かの手違いであって欲しいという単純な願望からであった。

だが二時間前に、樹里がテープを届けるはずだった五反田の「タイガースタジオ」に出向いて、晶子は確信を得た。

「タイガースタジオ」の警備員が、一昨日の夜十時過ぎ、目の前の道路で、ワゴン車が急発進する音を聞いたというのだ。

これが確信の裏付けとなった。樹里は拉致されたのだ。

だが迂闊(うかつ)に警察に届けるのは憚(はばか)られた。警察が動きだしたことを、相手が知れば、樹里の命はそこで絶たれることになるだろう。

そして晶子の取材が正しければ、あのテープの存在が明らかになれば、抹殺(まっさつ)しなければならないと思う人間はまだ永田町(ながたちょう)にも霞(かすみ)が関(せき)にもかなり残っているはずである。

そうなると警察とて、油断は出来ない。

晶子は悔やんだ。

テープに隠された事情を何も知らない樹里だから、逆にマークされないと踏んで、マニラに送り出したのだが、帰国直後に狙われたとは、以前からマークされていたということになる。

してやられた。

ダークウェブの住人たちは、そもそもマスコミの人間が、調査しだすことを想定していたのかもしれない。

だとしたら、晶子のＩＰアドレスは割れていたことになる。晶子は社に戻るなり、パソコンの閲覧履歴をすべて削除した。専門家が復元を試みれば、いずれ判明してしまうだろうが時間稼ぎにはなる。退職届を書いた。責任は取らなければなるまい。

ダークウェブとは、ネットの奥底に潜(もぐ)っている掲示板である。特定のパスワードを持った人間以外には入れない。

つまり誰でもアクセスできる表層的なウェブとは異なる次元に置かれている。

犯罪の温床(おんしょう)である。

ここでは、全世界の犯罪者たちが繋がっている。もちろん相当利口な犯罪組織やテロ組織だ。言語が違う犯罪者同士でも翻訳ソフトを使えば、いくらでも加担することができる仕組みなのだ。

日本の極道がシリアのテロリストに覚醒剤を販売していたケースもある。

晶子は仕事柄いくつかのダークウェブへの侵入手段を知っていた。

今回はその事件記者魂が仇となったようだ。

晶子がマニラに存在するＶＴＲに辿り着いたのも、元はと言えば、このウェブで偶然閲覧したあるスレッドからだった。

掘った検索サイトは「ディープ・ブルー」。

主に武器や覚醒剤の売買に使われているサイトだが、ここで二か月前に妙なタイトルを見つけたのが始まりだった。

【求む。ビートルズのパンティ】

なんだこれ？　と思った。

ダークウェブでは常に符牒が使われている。例えば……。

【氷。手押しあり】

これは「覚醒剤、手渡し可能」という意味だ。

ビートルズのパンティ？

最初にこのタイトルを目にしたとき、晶子は新手の催淫系覚醒剤の密売と踏んだ。

実は夏頃から六本木のクラブで脱法コスメが流行していて、晶子はこの密売現場に潜入取材をかけようとしていたのだ。

脱法コスメとは唇にひと塗りするだけで、猥褻な気分になる口紅だ。

六本木の半グレ集団が「ピンクパンティ」とか「ヘルプ」などというお洒落なネーミングで販売しているが、なんのことはない粘膜吸引の覚醒剤だ。

その下調べで、出合ったのがこのタイトルだったので、早合点してしまった。

うっかり開けて、驚いた。

【求む。ビートルズのパンティ】のスレッドでは、覚醒剤ではなく、ある詐欺事件の情報売買がなされていた。

それは国交正常化前の中国と日本の闇取引に関する情報のやり取りであった。誰が書いたものなのかはわからない。元は英文であった。売り手は【いまになって、自分の間違いに気が付いたので、告発して欲しい気持ちで情報を売る】と書いている。

晶子はどうしても真相を究明したくなった。記者魂である。

内容からして社の制作会議にあげて検討するものではなかった。取材機密は他人が知れば知るほど、機密性が保てなくなる。

国家的な巨大陰謀に繋がる可能性のある事案だった。掘り当てれば大スクープである。

ただしここで語られている内容だけでは、荒唐無稽な創作話であるようでもあった。

これは潜水業務である。

晶子は取材計画を自分の頭の中にだけ仕舞い込み、ひそかに行動した。

そして、幻のテープ「ビートルズ東京公演の客席シーンフィルム」の存在に辿り着いたのだ。

まだ事件の確信は得てはいない。

だが晶子の仮説が正しければ、あのＶＴＲを克明に検証すれば、五十一年前にとんでもない詐欺を行った張本人に辿り着けることになる。

日本犯罪史上まれにみる地面師事件だ。

ただし、いまは取材どころではなくなった。部下の生命がかかっているのだ。

晶子は社長室へと向かった。事情を説明しなければならない。

そのとき、ポケットでスマートフォンが震えた。すぐに取りだすと、樹里からのメールだった。

【テープは奪われました。ですが生きています。メールで申しわけありませんが、新たな

職に就くことになりましたので、日東フィルムズは退職させていただきます】

咄嗟に造反されたと思った。

樹里があのテープの内容に隠された秘密に気が付いた？

まさかとは思うが、ありえないことではない。抜きつ抜かれつの報道界である。

膝がガクガクと震えてきた。

晶子は折り返し電話を入れたが、呼び出し音が鳴るだけで、樹里が出ることはなかった。

警察になど届けなくてよかった。

辞表を破り捨て、社長室に向かった。部下の退職を報告せねばなるまい。

扉を開けると、社長の田川昭知がデスク脇のプリンターの前に立っていた。まるで晶子が入って来るのを予想していたように、胸の前で、A4サイズの用紙を振っている。

「沢田樹里君が退職するってよ。私に、いま退職届をメールで送ってきた。まいったね、最近の若者は、これで終わりかね」

田川が肩を竦めている。

晶子は事情説明を止めた。良し悪しは別にして、樹里がどんな特ダネを仕入れてしまったかは、社長の知るところではなかった。

むろん、晶子自身がまだ確信をもっていないのだ。

監督不行き届きを平謝りし、当面、補充は要らないと伝えて社長室を出た。ここから先は、自分で掘り下げるしかない。

午後一時。晶子は青山のオフィスを出て、葉山に向かった。

どうしても話を聞きたい男がいる。元毎朝新聞の記者、鳥塚邦彦。現在八十歳だ。鳥塚は一九六〇年に毎朝に入社し、十年間は社会部で警察担当している。七十年から定年する一九九八年までの二十八年間は学芸部で音楽担当記者を務めていた。

現在も音楽評論家として、時折コラムを書いている。晶子はミュージシャンが逮捕されるたびに、鳥塚にコメントを求めていた。

常にアーティスト側に寄り添ったコメントをくれる男であった。

例えば覚醒剤を使用してしまったミュージシャンに対しても、

「罪を犯したからと言って、そのアーティストの作品のすべてが否定されるわけではない」というのが持論であった。それだけであれば並の評論家であるが、鳥塚は、そのミュージシャンがいつごろからクスリに走ったかを推測してみせるのだ。

必ず、作品の傾向に変化があるという。そしてそれが、釈放あるいは刑期を終えて、会見したミュージシャンの説明と、たいがいにおいて一致する。鳥塚の審美眼が激賞されるゆえんである。

——だが……。

と晶子は疑問を持つ。芸能界側から流れてくる情報では、鳥塚は、警察上層部と繋がっているということなのだ。

その秘密は鳥塚の社会部時代にあるのではないかという仮説を立てると、理解しやすい。芸能界と警察の間で、ほどよい情報を流し、音楽評論家としての自分の地位を確保している。そうみれば、鳥塚邦彦という男の素地が見えてくる。

ビートルズ公演の客席で何かがあったのではないか?

それを聞きだすには恰好の相手である。

午後三時に逗子駅に着き、鳥塚の住む葉山の自宅へタクシーで向かった。

鳥塚邸は山の中腹にあった。

振り返るとマリーナが見える。

邸そのものはさして大きくはないがベージュと焦げ茶色の煉瓦をモザイクのように組み合わせた外壁は、瀟洒であり、絶景の地に立っていることと合わせれば、鳥塚の老後がいかに豊かであるか想像出来る。

玄関を入ってすぐの応接間に通された。

「鳥塚先生、お久し振りでございます」

「こんな田舎まで、お出で下さるとは、日東さんは何が聞きたいんでしょう。また誰か逮捕されましたか？」

「いいえ、今日はもっと昔のことをお聞きしにまいりました」

晶子は南欧風のソファに腰を下ろした。あまりにもフカフカとしていて、タイトスカートの裾が少し上がった。鳥塚は相好を崩した。

夫人がアイスティのグラスを運んできて、すぐに出ていった。

出窓から海が見えた。マリーナの遥か彼方に、大型クルーザーが何隻も航行していた。

「いつ頃のことでしょう。だいたい曲名を言っていただければ、俺はそれが何年かわかる。例えばこれは一九六三年のヒット曲」

鳥塚がオーディオのスイッチを入れた。葉山の海にマッチする甘く切ないメロディが流れる。浜辺のシーンによく使われる曲で、ファルセットを多用したようなコーラスだ。

しかし、晶子にはタイトルまではわからない、首を傾げていると、鳥塚は得意そうに言った。

「ビーチ・ボーイズの『サーファー・ガール』だよ。いまでもこの三連符とハモリの組み合わせは、『ビーチボーイアレンジ』と呼ばれて、よくJポップスの作品にも転用されているんだよ」

専門家らしいことを言っている。

「先生はクルーザーをお持ちではないのですか」

音楽の話にはついていけないので、窓の先に視線を向けたまま話題を変えた。鳥塚はアイスティのグラスを手にしたまま、いきなり噎(む)せた。

「そんなもの持っている、わけないだろうよ。二十年前まではただのサラリーマン。定年後、評論家になったといっても、細々とした暮らしだよ。クルーザーなんて、とてもとても……ヨットだって無理さ」

顔の前で手を振って見せた。

それからしばらく、鳥塚は船舶を所有することがいかに費用の掛かることかを語り出した。その話はビーチ・ボーイズのアルバム一枚分は、語ったと思う。

ようやく一息ついたところで、晶子は切り出した。

「一九六六年頃のことです」

「ほう、一九六六年といったら、ビートルズ来日の年だ。六月二十九日の午前三時三十九分の着陸。日本航空四一二便『松島(まつしま)』だ」

さすがに即答だった。当時は航空機に名前が付けられていたのだ。

「その頃先生は警視庁記者クラブに詰めていましたね」

鳥塚は、えっ、そっちの話？という表情になった。

「公安担当だったとか」

晶子は訊いた。

この時代はとにかく東西冷戦時代の真っただ中だ。

国内でも新東京国際空港反対運動が勃発し、学生運動への機運が盛り上がりつつあった時代と見ることができる。

ビートルズ来日という浮かれた気分の裏に、殺伐とした空気が忍び寄ってきている時期でもあった。

「いやぁ、特に公安担当ということではないね。当時の俺はまだ二十九歳だ。クラブ詰めと言っても、先輩のサポートをしていただけだよ。言われた通りに各部を回って、正式談話を記録してくるだけさ」

そこで鳥塚は一息入れた。アイスティを飲んだ。鳥塚が続けた。

「本来は通信局や支社巡りをするべき年代に、記者がクラブ詰めになるってことはね、その時期に、同じ歳ぐらいの若手刑事と人間関係を作れ、ということなんだ。下っ端で愚痴をこぼし合うみたいな関係作りだね。将来のコネづくりさ。もっとも俺は、そのコネが使えそうになる前に学芸に飛ばされてしまったから、社も無駄な投資をしたことになる」

鳥塚は笑った。

「当時、日本国内で中共の諜報員が暗躍していたという噂ですが」

あえて中共という言葉を使った。一九七二年の日中国交正常化前までの新聞記事は、現在の中華人民共和国をそう称している。中華民国と名乗る台湾を正式な中国と見ていたからだ。当時の記事には日華親善という現在ではあまり見なれない言葉が多く躍っている。

どちらを中国と見なすべきかまだ日本は逡巡していたのだ。

「えぇ〜、そんなことを俺に訊かれてもなぁ」

鳥塚が立ち上がり、オーディオのリモコンを取った。選曲を変えている。

ビートルズの「ミスター・ムーンライト」が鳴る。イントロなしで、いきなり歌い出すジョン・レノンの声がやたらセクシーだ。

「ビートルズの来日時は国賓級の警護だったよ。空港からホテルまでは夜明け前の首都高速を全面封鎖して、彼らを乗せたピンクのキャデラックをパトカーが先導したんだ」

話題を変えて、鳥塚が懐かしそうに眼を細めた。

「『ミスター・ムーンライト』は演奏していませんでしたよね」

晶子は訊いた。全十一曲のセットリストの中にこの曲はない。

「ステージ上ではね。でも当時、日本テレビが放映した来日公演の中継（録画）を見ていた人間なら、必ず記憶に残っている」

晶子は身を乗り出して聞いた。鳥塚が続けた。

「六月二十九日の早朝。まだ未明の首都高速を空港からホテルに向かうシーンで、いきなりこの曲が重なったんだ。夜明けの東京を走るピンクのキャデラックの映像に『ミスター・ムーンライト』だ。そりゃ印象的だったよ。いまならネットで見ることが出来るさ」

それは見落としていた。ダークウェブにばかりに気を取られ、表面情報をきちんと検証することを忘れていた。

「『ミスター・ムーンライト』ですね。私もネットで確認してみます」

「当時確かに俺は社会部で警視庁詰めだった。あの年はビートルズ公演を警備する警察官や消防署員たちの取材はしていたね。羽田空港やホテル周辺、武道館の周りなんかでね。警備取材という名目で、二階の通路までは入れたな。だが客席に入れてもらえなかった。曲だけは聞こえていたけどね。それだけだ。公安がどうの、諜報活動がどうの、という話を聞かれてもお門違いってもんだ。退職後、俺は音楽評論家になった。政治評論家でも、危機管理コンサルタントでもない」

ガードがやけに固い。鳥塚は晶子が中共という言葉を持ち出した瞬間から、その話題を遮断しようとしている。

晶子は深追いを避けた。じっくりこの男の周辺を探ればなにか摑めるかもしれない。

そう思って、差し障りのない芸能界の話題を三十分ほど聞いて、辞去することにした。

4

午後四時すぎ、鳥塚邸でタクシーを呼んでもらい、逗子駅ではなく鎌倉駅に出ることにした。時間があったので、少し鎌倉の海を眺めてみたかっただけだ。

海は黄金の色に染まっていた。

車の中から、翔栄社の岡本信一郎に電話した。樹里から同棲相手として紹介されていた。三人で何度か飲んだこともある。時事報道と芸能報道と種目は違っていたが、同じマスコミ人として、共通する話題はたくさんあった。

樹里の件で文句のひとつも言いたいし、ここはひとつ鳥塚邦彦について訊いてみたい。

岡本はすぐに出た。

「中村さん、ちょうど電話をしようと思っていたところです」

岡本は声を張り上げた。

「なによ、樹里に言い訳を頼まれたってわけ？」

「樹里、帰って来ていないんですが」

「えっ、あんたもフラれたの？」

「どういうことですか？」

逆に岡本が訊いてきた。

「あんた知らないんだ。樹里、今朝、うちの社長に退職届をメールしてきたんだけど。私が電話してもまったく出ないし」

「えええええっ。ぼくもぜんぜん、連絡取れていないんです。羽田に無事到着したというメールを貰(もら)ったんですが、それきりで。一昨日、ぼくは校了日で、帰宅したのは朝だったんですが、樹里は帰宅した気配もありませんでした。それでスタジオ泊りなのかな、と思って一日待っていたんですが、今日になってもまったく連絡もないし、いくら電話しても出ないんです」

急に胸騒ぎがしてきた。

「わかった。岡本君、今夜七時に会えるかな。ちょっとややこしいことになったかも」

「わかりました。どこに行けばいいですか？」

「前に一緒に飲んだ六本木のバーでどう？」

「あの俳優座の裏の道にあるバーですね」

「そう。よく覚えていたわね」

「ええ、あの後も樹里と何度も行きましたから」

「じゃあ、七時にあそこで。あと、岡本君、音楽評論家の鳥塚邦彦について詳しい？」

「大御所評論家ですね。鳥塚先生は、うちでは重役クラスが対応していますが、何度かお会いしています」

「悪い噂とか教えてくれれば嬉しいんだけど」

「そりゃ、いっぱいありますよ。日本音楽大賞の審査委員長ですから、いろいろな噂がある人です。事件ネタで、なんかひっかかりが出たんですか？」

「いや、そういうことじゃないんだけど、これから別件でマークするので、弱点を知っておきたいのよ」

「芸能ネタじゃないということですね」

「そういうこと」

「だったら、協力します」

「では、七時に六本木で」

電話を切った。タクシーは滑川の交差点に差しかかっていた。右に曲がれば若宮大路だ。

鎌倉駅に曲がらず二の鳥居の前で、止めてもらった。

鶴岡（つるがおか）八幡宮へ通じる参道の段葛（だんかずら）を歩こうと思う。

頭の中を整理するには歩くのが一番だ。

晶子は一般道より一段高い位置にあるこの参道の端を歩きながら、思案した。

樹里はやはり攫（さら）われたとみるべきではないか。では今日のメールは攫った犯人が打ったということか。

五十一年前の犯行にかかわった人間たちの残党が、テープの存在を消そうとしているということでしかない。

それは、まだ知られたくない人間が大勢生きているということだ。

いや、中国や北朝鮮（DPRK）と緊迫している現在だからこそ知られたくないのだ。

晶子は、自分自身がマニラに飛んで、もう一度ダビングを貰うことを考えた。スマホで、マニラ行きの便を予約した。

明日の午後三時二十分発のフィリピン航空四二一便だ。続いてマニラの制作会社の社長ジョセフ・ロハスに再度メールを打つ。

明日の夜十時にソレア・リゾート・アンド・カジノで会うことにした。ニノイ・アキノ国際空港からタクシーで十五分。マニラの中でセキュリティがしっかりとしたところと言えば、このカジノになる。

マニラに行くことを決めたことにより、気持ちがまとまってきた。ちょうど鶴岡八幡宮の正面鳥居の前に辿り着いたところだった。

段葛を引き返そうとした瞬間、一台のワンボックスカーが目の前に停車した。黒のアルファードだった。晶子は踵を返した。スライドドアが開く音がした。なんとなくいやな気配がした。晶子は走ろうとした。

次の瞬間、肩を摑まれた。細い目をした男だった。紺色のブレザーにグレーの紳士ズボンをはいている。四十前後。ぱっと見は中年紳士だが、目の奥に冷酷な光をたたえていた。

「中村さん、お待たせしました。こちらです」

男はまるで観光ガイドのような声で言い、晶子をアルファードのほうへ導こうとした。咄嗟のことで、意味がわからなかった。肩はきつく押さえられている。

日暮れ時とあって、まばらだが、それでも周囲には観光客らしき人間がいた。

晶子は大声を上げようとした。男が顔を近付けて言う。傍目には仲のいいカップルだ。

「素直に車に乗ったほうがいい。そうしないと、沢田樹里が死んでしまうことになる」

「えっ」

身体が硬直した。逃げたほうが得策だと思ったものの、身動きが出来なかった。人間、こんなものなのかと思う。いますぐ駆け出せば、周囲の人間の手前、男は追えないと読めていても、足が動かない。声も出ない。

肩を抱かれたまま、アルファードのほうに運ばれた。

スライドドアが閉まる直前に、晶子はさりげなくスマホを段葛に向かって放り投げた。歩いていた若いカップルが驚いた顔をした。男の肩に当たったのだ。

男は首を傾げて車を見つめている。イケメンだった。

一緒にいた女が男に怒鳴った。

「あんた、あの女ともやっていたんでしょう。だからいやなのよ、浮気性の男っててっ」

「勘弁してよ、玲奈(れな)ちゃん。俺、あんな女、ぜんぜん知らないから」

男は困惑した顔をしている。

スライドドアはすぐに閉められた。

「ちっ」

男に睨(にら)まれた。

ドライバーは別に乗っていた。アルファードはすぐに発進した。スモークガラスなので、暴れても、外からは見えないだろう。

由比ガ浜に向かって進んでいた。国道一三四号線の手前の信号で止まる。晶子は足を動かした。スライドドアを開けて、飛び降りようと考えた。

男に、いきなり着ていたジャケットのボタンを外された。内側の白のブラウスのボタンも引きちぎられる。あっという間に、ぜんぶ開けられる。

「いやっ」

やっと声が出た。

男は無表情なままだ。

はらりとブラウスの前が開き、白いブラジャーが露見する。男が背中に手を回し、ホックを外す。一体全体、何をされているのか、わからなかった。

生バストがまろび出る。乳首が勃っている。

「いやっ、お願い、手荒なことはしないでください」

ここにきてようやく自分は犯されるのだと気づいた。

アルファードが右折した。葉山方向ではなく、江ノ島方向へと進路を取っている。だが、晶子の視界に前方の景色が映っていたのはそこまでだった。

後部シートに横倒しにされた。タイトスカートを捲りあげられた。見ず知らずの男の前で、パンティが晒(さら)される。股布が股間に食い込んでいた。筋が窪(くぼ)んで見えるだろう。

「いやぁあああ」

必死に脚をばたつかせたが、すぐに両足首を鷲摑(わしづか)まれて最大限に開脚させられる。物凄い力だった。

「やめてくださいっ」

晶子はパンティの上から股間を押さえた。

男は表情ひとつ変えず、ズボンのファスナーをおろした。肉杭を取り出す。赤銅(しゃくどう)色だった。晶子にはサラミソーセージのように見えた。

開いた両脚の間に身体を入れられ、股布の上に置いた手のひらを、取り払われた。手首を捉えるのではなく、指先を折られるように外された。

抵抗したら本当に指が折られると思った。

この男は格闘家かもしれない。そう思ったときに、背筋が凍り付いた。これは人間というより獣に襲われるような感覚だ。

「お願いします。私を殺さないでください」

晶子は懇願した。涙がどんどん流れてくる。

男はパンティを脱がせるなどという、まだるっこいことはしなかった。股布の部分を指先で脇にずらしいきなり、船底型の紅い泥濘に無遠慮に亀頭を押し付けてきたのだ。

「うぅうう」

硬直した肉を、そのまま秘孔に割り込ませてくる。ぐいぐいと奥まで入ってきた。

「あぁああっ」

女の隧道に男根を食い込ませたまま、乳首にも舌を這わせてきた。分厚くざらざらとした舌だった。

「はぅううっ」

左右交互に舐めしゃぶられた。乳首を恥ずかしいほどに勃起させられた。時に男は乳頭を嚙む。親しい関係にある男のような甘嚙みではない。きつく嚙む。

「あぁっ」

嚙みながら、猛烈な勢いで、男根を突き動かしてくるのだ。

晶子はあっという間に、切羽詰まらされ、気が付けば獣だと感じていた男の背中に両手の爪を立て、歓喜の声を上げていた。

「あんっ、あふっ、いいっ、いくっ」

股の奥底から頭のてっぺんまで、容赦のない快楽が突き抜けていく。

「いくぅうう」

まぐわいながら、晶子は右腕に注射をされた。そのまま意識が薄れていく。

そのあと布袋のようなものに、入れられたようだった。布袋に入れられたまま、担（かつ）がれたような記憶もある。かすかな記憶だ。

ガソリンの強い匂いと甲高（かんだか）いエンジン音で目が覚めた。モーターボートに乗せられている。見渡す視界はすべて暗い海だ。索漠（さくばく）としている。

——寒い。

晶子は両肩を自分で抱いた。

真っ裸にシーツが一枚だけ掛けられているというありさまだった。

「暴れないほうがいいぞ。落ちたらサメの餌（えさ）になるだけだ」

船尾でモーターを操る男が言った。獣はひとりだけだった。

「私は、どこへ」

「今日からは、何も訊かないことだ。質問が商売だったあんたの人生は終わった。これからは服従があるだけだ」

晶子は本能的に口を噤（つぐ）んだほうが利口だと思った。

——生きたい。

強くそう願った。三十三年の人生の中で、これほどまで生への執着を持ったことはない。

沖に大型クルーザーが見えてきた。遊覧船ほどの大きさだ。まるでフロリダの富豪がパーティをするようなクルーザーだ。

白いボディの前部に船名「ワイルド・ワン」の文字が見えた。

「しばらくはあそこで暮らしてもらう」

「わかりました」

「会社には辞表を送っておいた。田川社長あてにな」

樹里も同じ手を使われたということだ。

「わかりました」

どんな文面だったのか、せめてそれだけでも知りたかったが、晶子は堪(こら)えた。いまはなんの質問もしないほうが身のためだ。

シーツを纏(まと)ったまま、ステンレス製のタラップを昇らされ、クルーザーの後方デッキに上がった。海上に取り残されたモーターボートに別の小型船舶が接近してきた。代わりの人間が回航するらしい。

デッキに人の気配はなかったが、予想通りの豪華クルーザーだった。

デッキには白いパイプ椅子(いす)が数脚並べられ、その前に釣具が置かれている。陽(ひ)のあった時間にはトローリングでも楽しんでいたことを思わせる。

ちらりと窓ガラス越しにキャビン内が覗けた。ここにも人影はないが、シャンデリアの下にルーレット台が置かれていた。ブラックジャックの専用台もある。

——船上カジノ？

記者魂が頭をもたげてきた。

公海上まで出てしまえば違法ではないということか。そんな仮説が浮かぶ。

「余計な推測はしないことだ」

晶子の胸中を見透かしたように、男が背中を押してきた。船底に通じる階段を降りるように命じた。

通路の両側に木製の扉がいくつもあった。男が一番手前の扉を開けて、晶子に入るように命じた。

突然、室内から女の悲鳴が聞こえた。

「いやぁあああ。中村さん、見ないでくださいっ。こっちに来ないでっ」

樹里だった。晶子はその凄絶（せいぜつ）な光景に思わず足を止めた。

床に四つん這いになった樹里が、背後から痩（や）せた男に貫かれていた。頬を紅潮させ、口を半開きにしたまま、晶子のほうを向いている。真っ裸での再会だった。

「入れっ」

男に尻を蹴られた。前のめりに倒れ込む形で、室内に入った。目の前に樹里の顔がある。殴られたりはしていないようだった。

「あっ、いやっ、見ないでくださいっ」

樹里は顔を背けたが、喘ぎ声は止められないようだった。晶子の頬に、樹里の吐息がかかる。生温かい。樹里を貫いている男は何も言わない。もくもくと尻を振っているだけだ。

他人が性交している様子を見るのは初めてだった。床につけたままの膝頭がブルブルと震え出した。

「女同士で、キスをしろ」

背後で男が言った。扉は閉められた。

――うそっ。

晶子は顔を引き攣らせた。男に無理やり肉を押し込まれたときよりも、慄いた。

「安岡さん、そんなっ」

目の前で樹里も男の顔を見上げて叫んだ。激しく首を振っている。この男の名は安岡というらしい。

「あんたに、拒否権はないと言ったはずだ」

安岡が樹里の背後に回り込んで、肉を繋げていた男の頭に回し蹴りを食らわせた。

「ぐえっ」

痩せた男がコメカミから血飛沫を上げて、床に倒れる。男根が樹里の秘孔から抜けた。赤黒い亀頭に白い粘液がたっぷり塗されていた。

安岡は這いつくばっている男のわき腹を、さらに蹴った。革靴の先が腰骨の上あたりにめり込んだ。

「おえっ」

痩せた男が口に手を当てた。

「ここでゲロ撒くんじゃねぇ。出ていけっ」

安岡に怒鳴られ、痩せた男は両手で口を押さえたまま、外へ飛び出していった。

「さぁ、ふたりはキスしろ。ちゃんと舌を絡めてやるんだ」

安岡が樹里の後頭部を手のひらで押した。いきなり顔が接近してくる。

「中村さん……す、すみません……」

お互い膝立ちだった。唇を寄せられた。

「樹里ちゃん……」

キスをせざるを得ない状況なのはわかるが、抵抗がありすぎる。

「んんん」

躊躇（ちゅうちょ）している間に、樹里に唇を塞（ふさ）がれた。温かくて柔らかな唇だった。ぶちゅっ、と吸われた。無意識に晶子も吸い返していた。すぐに樹里の舌が差し出されてくる。

戸惑う晶子をしり目に、樹里はじゅるじゅると舌腹を絡みつかせてくる。彼女も必死なのだと思った。

晶子も応えた。そして女ふたりで舌を絡ませているうちに、次元の違う甘美に襲われてきた。ときおりお互いのバストの尖端も触れ合った。

「あぁああ」

「んんんんっ」

さすがに息が苦しくなって、一度口を離すと、安岡がさらに命じてきた。

「今度はお互いのまんこを弄りながらキスしろ」

目の前で樹里が瞠目（どうもく）した。瞳の奥で、はっきり拒否していた。おそらくこれ以上のパワハラはないだろう。

しかし、いまのふたりの関係は職場の上司と部下ではない。

譬（たと）えれば、戦時下の収容所で、生き残りを掛けた殴りあいを命じられた捕虜同士の関係に近い。今度は晶子が諭した。

「樹里ちゃん、彼の機嫌を損ねたらまずいわ」

樹里が哀しい目をした。肯定も否定もしない目だった。

晶子は樹里の股間に指を伸ばした。割れ目の中はたっぷりと潤んでいた。おそるおそる秘孔に、人差し指を挿入する。

「あっ、中村さんっ」

驚くほどにとろ蜜が溢れていた。もちろん初めて味わう他人の肉路だ。晶子は自分がひとりでするときのように、ゆっくりと抜き差しした。

「ああんっ。これ恥ずかしすぎます」

樹里が切なそうに声を上げて、尻を振った。きゅっ、と肉層が絞られ、床にとろ蜜がこぼれ落ちた。

「おまえのほうも触れっ」

安岡が怒鳴った。樹里が焦ったような顔をして、指を伸ばしてきた。

「あぁあああああ」

触られたのはクリトリスだった。人差し指と中指を器用に動かして、包皮を上下させている。自分自身、やったことのない指戯だ。天から快感のシャワーが降ってきた感じだ。

「触りながら、キスをしろと言ったはずだぞっ」

「は、はいっ」

互いに女の泣き所を、まさぐりあいながら、舌も絡めた。晶子は樹里の唇に必死に吸い付き、息を止め、自分は感じていることを知られまいとした。

安岡は、晶子の背後に回ってきた。ベルトを外す音がした。樹里の視線が安岡のほうへと向けられた。懇願するような目だ。安岡の亀頭と思われる弾力のある塊が、晶子の股間にあてがわれた。肉芽は樹里の細い指先に摩擦されている。秘孔が割り開かれ、男根が押し込まれてきた。

「あぁあああ」

晶子は絶叫した。そのとき、樹里がキスを解き、物凄い形相で睨みつけてきた。嫉妬の目だった。

第二章　ロックンロールミュージック

1

十一月十五日。午後七時。

岡本信一郎は六本木のバーに到着した。カウンターだけのバーだ。

中村晶子はまだ来ていなかった。

生ビールを飲みながら、待つことにした。

一杯飲み終わり、さらにウイスキーの水割りを頼んで、待ったが晶子は現れない。すでに二十分経っていた。

プライベートの約束の際に遅刻をするのはお互い常で、どうってことはないのだが、まったく連絡を入れてこないなどということは、かつて一度もなかった。

晶子はもともと時間に几帳面な性格である。携わっている仕事がテレビ局関係であり、日ごろから、分単位、秒単位に神経を尖らせているせいもある。ましてや今夜はプライベートとはいえ、重要な相談である。七時三十分になったところで、岡本はしびれを切らして、自分から電話を入れた。鳥の囀るのどかな呼び出し音に、一瞬苛立ちを覚えた。

「もしもし」

意外にも耳に響いてきたのは、男の声だった。岡本は緊張した。間違えたのかと思い、スマートフォンを耳から外し、液晶を確認する。

通話先は中村晶子で間違いなかった。

「これ中村さんのスマホでは？」

可能な限り落ち着いた声で喋った。

「あぁ、あの人、中村さんて言うんですね。午後に、鎌倉の鶴岡八幡宮の前で、俺、いきなり、このスマホを投げつけられたんすよ。いや、警察に届けてもよかったんですけどね。彼女に誤解されて困っていたんで、一言文句を言おうと思って」

声の主は水商売らしかった。岡本は丁重に告げた。

「それは失礼しました。中村は私の知人です。変わって、お詫びをいたしますから、そのスマホをお返し願えますか」

「いや、そんなに丁寧に言われてもさ。俺、なんか要求する気はないから」

「いま、どちらですか？」

「六本木。彼女と、食事中っすよ」

ぶっきらぼうな言い方だ。

「えっ？　私も六本木にいます。ちょうど都合がいいので、伺ってもいいでしょうか。いや多少ですが、お礼させてもらいます」

「だから、お礼とかいいって。それより彼女にちゃんと事情を説明してよ」

「わかりました。ご説明に伺います」

男は加橋と名乗った。東京ミッドタウンのイタリア料理店にいるという。岡本はすぐにバーを飛び出し、ミッドタウンに向かった。途中のコンビニに寄り、ＡＴＭで十万円ほど引き出す。

加橋は礼は要らないと言ったが、いざとなったら、やはり現金だ。現金入り封筒を背広の内ポケットに仕舞い、駆け足で、ミッドタウンに向かった。

そのレストランはガレリア棟の二階にあった。入り口で、もう一度晶子のスマホに連絡を入れる。相手はすぐに出た。

「加橋っす。テラス席の一番端のテーブルにいます。俺、金髪で、黒のアルマーニのスーツを着ていますから」

わざわざアルマーニと言うところから推測するに、加橋は夜の世界に生きている男ではないだろうか。

店は案外カジュアルな雰囲気で、会社帰りと思われる客たちで、ごった返していた。どのテーブルにもピザが置かれている。この店の名物らしい。

テラスに出た瞬間、すぐに加橋を発見することが出来た。

サラリーマンとOL客が多い中で、そのテーブルだけがやけに浮いて見えたからだ。マロンブラウンのセミロングヘアを搔き上げた女も、濃いメイクをしていた。ふたりは並んで座っている。

「連絡した岡本です」

「あぁ、どうぞ、座って」

加橋は二十代の半ばに見える。金髪の前髪を立てて、アルマーニにノーネクタイというでたちはいかにもホスト然としているが、目元は意外と涼しげだ。

テーブルにはスペアリブと赤ワインが置かれていた。

「お邪魔して申し訳ないです」

立ったままではかえって相手に気を使わせると思い、加橋と女の目の前に腰を下ろした。ふたりが眺めていた夜景を遮る形になったので、恐縮する。

ウエイターがグラスを持ってきた。すぐに帰るからと拒否しようとしたが、加橋が「まあ一杯ぐらい、いいじゃないですか」というので、貰うことにした。

「怪しい者ではないです。彼女のスマホのアドレスにもメモリーされている岡本です」

名刺を出した。

加橋がしげしげと眺めている。

「芸能誌の副編集長さん」

「そうです」

「タレントさんとかと直接あったりするんですか」

女のほうが目を輝かせて訊いてきた。よくされる質問だった。

「あります。ですがデビューしたての新人が多いです。有名になると、なかなかインタビューさせてもらえません」

正直に答える。

加橋は鞄の中から、一台のスマホを取り出した。おそらく晶子のものだ。液晶をタップしながら覗いている。

岡本の名刺と見比べている。

「他に、アドレスにありそうな名前をひとり挙げてください」

そう訊かれた。賢い質問だった。加橋は付け加えた。

「いや、うちの店なんかでも、忘れ物を代わりに取りに来る人っているんです。一応、本人の関係者かどうか確認させてもらうんですよ」

なるほど、と思った。

「沢田樹里という人がいるはずです」

加橋はスクロールしている。見つけたようだ。

「了解です。じゃあ、返します。どうぞ」

スマホをテーブルの上で滑らせてくる。

「一応、返却した証拠に、ここにサインしてくれませんか」

岡本の名刺を指でトントンと叩く。岡本は受領した旨、サインする。

「俺も怪しいもんじゃないっす」

加橋は名刺を出した。派手な刺繍(ししゅう)のある名刺だった。ホストだった。

【クラブ　エメラルド　加橋翔(しょう)】とある。

「店は近くです。芸能人もよく来ますよ。一度遊びに来てください。キャバ嬢とかとのアフターにぜひ、どうぞ。俺ら、盛り上げるの、得意ですから」

加橋は満面に笑顔を浮かべて見せる。微笑(ほほえ)みを現金に換えることの出来る、プロの笑い方だった。

「翔ちゃん、そう言って、結果的に、男性客が連れてきたキャバ嬢を、食っちゃうんだから」

隣にいた女が、加橋の膝を叩いた。

「あっ、岡本さん、彼女に今日、鎌倉で会った、その中村さんていう女と俺は、なんら関係ないと言ってくださいよ」

今度は加橋が懇願するような目をしている。女は太客(ふときゃく)なのだろう。つまらない誤解で逃したくないという表情だ。

岡本は中村晶子について説明した。

ドキュメント番組のプロデューサーであること、ホストクラブとは無縁の生活をしていること、スマホを投げつけたのは、身の危険を知らせるためだと思われる、などだ。

「どうやら、ふたりはグルでもないらしいわね」

女が岡本の目をじっと覗き込みながら言った。

やけに鋭い視線だった。岡本は嘘発見機にかけられている心境だった。

ちょうどそこにウエイターがピザを一皿、持ってきた。マルゲリータだった。

「信用出来そうですね」

と女が、マルゲリータを切りわけ始めた。加橋の浮気相手ではないと、ようやく納得した表情だ。

「岡本さんも、どうぞ」

女がピザを勧めてきた。

「いえ、これ以上、おふたりのお邪魔をするつもりはありません。ぼくは帰ります。ここの代金ぐらいは奢（おご）らせていただきますよ」

岡本は伝票を摘まんだ。

「ちょっと待ってください。彼女が危険にさらされているかもしれない、ってどういうことなんですか？　私たち見たんですよ。その人が、不気味な男と一緒に車に乗るところを……」

女が訊いてきた。

岡本は浮かせかかった腰をまた下ろした。どう説明していいやらわからなかった。

「あ、私も怪しい者じゃないですよ」

女が名刺を取り出した。

【霞が関商事　開発課　笹川玲奈】

とある。岡本の知らない会社名だった。

「開発課ですか……」

ため息を吐く感じで、なにげにそう訊いた。加橋が代わって返事をした。

「玲奈ちゃん、いまカジノ設備の輸入を担当しているんですよ。今日はその商談も兼ねて、湘南に行ってきたんですよ」

「それで鎌倉に……」

「そう、うちの店長が仕切るカジノパーティっすよ。ときどきクルーザーの上でやるんですけど、今日は玲奈ちゃんのために、マカオのカジノ運営会社の営業部長も呼んでいて……」

加橋がべらべらと喋った。

「翔ちゃん、それって、マスコミのひとの前で話すことじゃない」

玲奈と名乗った女は加橋を制した。初冬の空に星が舞っていた。空気は乾いている。

「いやいや、マスコミと言っても芸能誌ですから……」

岡本は顔の前で手を振った。胸中では、女が商社ウーマンだったことに驚いてもいた。総合週刊誌の編集部に伝えたら、飛びつきそうな情報だった。

「カジノのことは、この場で、聞き捨ててください。いまはまだ誘致争いの段階です。まだ決定した都市はひとつもない状態ですが、私たちもまだ、さまざまなノウハウをかき集めている状況でしかありません。霞が関商事がマカオの運営会社と接触していると噂されても困るんです」

ケバイ女がとてもまともなことを言っている。

加橋にしろ、玲奈にしろ、人は見かけによらない。

「わかりました。その件については、聞かなかったことにします」

岡本は、中村晶子が、今日の夕方、鎌倉鶴岡八幡宮の前で、男と一緒にワンボックスカーに乗せられたときの状況を詳しく訊くことにした。

岡本も中村がなぜそんなことになったのかは知らないが、部下である自分の恋人がマニラに出張して、なんらかのＶＴＲを入手してきたはずだと、伝えた。

玲奈は、一緒にいた男の特徴や、連れ去られた車種とナンバーまで記憶していた。凄い記憶力だと感嘆した。岡本はそれらのことをタブレットにメモした。

2

十一月十六日。午後四時。

窓から、日差しが差し込んでいた。低く垂れこめるような陽差しだ。

──いまにして思えば、舐(な)めくさったライブだ。

総務省消防庁情報局(FIA)局長喜多川裕一(きたがわゆういち)は、定宿にしている帝国(ていこく)ホテルのセミスイートで、テレビの画面を見つめながら、そう呟いた。

ビートルズ東京公演の際のテレビオンエアーの録画DVDである。

ジョニーウォーカーブルーラベルをオンザロックで楽しみながら、何度も食い入るように映像を検証した。

すでに十回以上も繰り返して見ている。

昨夜、部下の笹川玲奈からビートルズの来日公演についての質問をされたことから、ふと五十一年前のある不可解なメッセージを思いだし、検証を始めたのだ。

玲奈は目下、まったく別件である六本木のホストクラブ「エメラルド」を内偵している。数年前から香港(ホンコン)機関の工作員が入り込み、ホストとして店長にまで上り詰めているのだ。

日本のセレブを的にかけ、将来彼女たちを工作員に仕立てあげようとしているのは明白だ。大事になる前に、削除しておくのがＦＩＡの任務だった。

ＦＩＡは日本で四番目の諜報機関だが、唯一の非公然組織である。表向きは全員「霞が関商事」の社員を名乗っている。

その玲奈が任務中に、別件の拉致事件に出くわした。拉致誘拐自体は神奈川県警の管轄であるので、関心はなかったが、たまたま拉致された女が放り投げたスマホを拾得してしまった。

関係者から連絡があり、スマホを返却するが、その前に、玲奈はスマホの中身を確認していた。

諜報員としての本能だったようだ。連れのホストが帰りの横須賀線で寝込んでいる間に、全部見たそうだ。

あやふやだが、メールのやり取りの中から、女は五十一年前のビートルズ東京公演の収録テープを探しているらしいということが想像できたという。

喜多川は玲奈の質問に対して、一般的な情報を伝えた。

実は五十一年前、喜多川はこのコンサートで、気になる拾い物とある光景を目撃していたのだが、一切口外していない。

正直、どうでもよかったからだ。

玲奈には、本来の任務にだけ集中するように伝えた。

鶴岡八幡宮の前での拉致誘拐事案は神奈川県警に任せればいい。ＦＩＡが動く根拠はどこにもないのだ。

ただ、個人的に五十一年前のあの日のことがひっかかった。

いまなら、暇だ。ＦＩＡの局長として調べる権能もある。そんなことから、まず、当時の映像を検証していた。

ビートルズはすべての公演で、十一曲、約三十分しか演っていない。

――武道館をライブハウスぐらいにしか思っていなかったのよ。

目の前に流れている映像は、一九六六年の七月一日金曜日の二十一時に日本テレビで放送されたステージだ。

ライブではない。中継録画である。

日本テレビは同日の昼の部に収録したものを、その日の夜にオンエアーしたのである。

後の一九七八年に同局は「たった一度の再放送」としてカラーで放送したが、厳密に言えばそれは再放送ではない。

一九七八年オンエアーの映像は初日の六月三十日木曜日の夜の部の収録なのである。一時期発売されたVHSもその映像だ。

つまり五十六・五パーセント（ビデオリサーチ）もの視聴率を取った、一九六六年七月一日昼の部の演奏シーンは、以来、一度もオンエアーされていないのだ。

五十一年前、喜多川はこの放送を自分で録画していた。それもとても原始的な方法で録画していた。

自宅でテレビ画面に向かい、八ミリカメラを回していたのである。

音声はテープレコーダーのマイクで別に録音した。当時考えられるもっとも単純な記録方法がそれであった。三十二歳のときのことだ。

技術が進んだ後年、八ミリフィルムとテープレコーダーの音声をマッチングさせて、VHSテープに再収録したのだ。いまではさらにDVDに移し替えてある。

あの日そうまでして、収録したのは、喜多川が当時、新進気鋭と呼ばれた芸能プロの経営者で、抱えていたアイドルグループに、ぜひビートルズのステージングを学んで欲しかったからだ。

そしてあのとき、自分はこれと同じステージを肉眼で見ていた。テレビクルーに混じってステージを見上げていたのだ。

目の前で「ペーパーバック・ライター」のイントロが始まった。この年の新曲が「ペーパーバック・ライター」である。

——要するにプロモーション・ライブだったってことだよな。

喜多川は、武道館ほどの巨大ステージを使い、まるでライブハウス程度の演奏しかしなかったビートルズに、少し腹を立てていた。

部屋の扉がノックされた。

警視庁捜査八課の津川雪彦がやってきたみたいだ。喜多川が呼んだのだ。

立ち上がって扉を開けに行く。寄る年波と、ほろ酔いで、足元が少しふらついた。

扉を開けると、スキンヘッドの津川はなんと花束とシャンパンを持って立っていた。

「お義父さん、誕生日おめでとうございます」

いきなりそう言われた。

たしかに喜多川は十月二十三日に八十三歳の誕生日を迎えている。しかしこの男に祝ってもらう筋合いはない。

「なにもめでたくはない。もう生きているのに、飽きた」

「まぁまぁ、お義父さん。百歳まで生きましょうよ」

津川はずいずいと室内に入ってきた。

「そもそもユーにお義父さんと、呼ばれる覚えはないっ」

津川は娘の夫ではない。孫の麻衣の父親でしかない。したがって、そう呼ばれる筋合いはない。

「じゃあ、ジョニーさん、ハッピーバースデイ」

バラの花束を突き出された。

ジョニーは喜多川の愛称であった。一年中スコッチのジョニーウォーカーを愛飲しているからである。

「その呼び名も、芸能界にいた頃のものだ、いい加減に止めてくれないか」

ジョニー喜多川は芸能界での通り名であって、現在は立場が違う。

喜多川は、総務省消防庁情報局の初代局長に就任するさいに、芸能界とはきっぱりと決別しているのだ。姪に経営権をそっくり譲り渡して、現在の任務に就いたのだ。

八十歳を目前にした転職であった。

「いやぁ、ジョニーさんはジョニーさんだ。喜多川さんという呼び方は、馴染まないですよ」

津川は勝手にローテーブルに進んでシャンパングラスを並べている。

手にしているのはドンペリニヨンのロゼ。俗物たちが飲むシャンパンだ。

「俺は、そんなもの飲まないよ。胃の中でスコッチと混じったら、悪酔いする。そもそも英国人とフランス人は不仲だ」

喜多川はそっぽを向いた。

ビートルズの映像が「アイム・ダウン」になっていた。もうラスト曲だ。

――こいつらアンコールもやっていない。まじでコンサートというものを舐めていないか？

自分がブライアン・エプスタインだったら、もっとファンサービスをしたはずだ。最低二時間はプレイさせる。

「まぁまぁ、ジョニーさん。祝いごとにバラとシャンパンはつきものだ」

津川がドンペリの栓の上に、ナプキンを被せて、留め金を緩めている。

津川は来年六十歳を迎える。定年だ。

「ぼくは紅白饅頭のほうが好きだがね」

喜多川は窓外を見つめた。早く本題に入りたかったのだが、津川という男は、自分のやりたいことをすべてやり終えないと、絶対に次に進まない性格なのだ。

タレントに似ている。芸能事務所の経営者だった自分が引くしかない。

背中で、ボンと音がした。振り向くと、瓶から盛大に泡が噴き上げている。

津川が笑顔で、大きく息を吸い込んだ。歌う気だ。この俗物はここで、♪ハッピーバースデイ・ジョニー♪と歌うつもりに違いない。とてつもなく大きな声を上げて……。

それは拷問に近い。


「ユー、歌わなくていい。降参する。乾杯しよう」

喜多川はしぶしぶ、シャンパングラスを差し出した。なみなみと注がれる。

「八十三歳、おめでとうございます。お祝いが遅れて申し訳ありませんでした」

津川がグラスを合わせてくる。仕方がないので、ぐいっ、と飲んだ。

ドンペリには悪いが、正直言って、三ツ矢サイダーのほうがうまいと思う。

とりあえず娘の元カレであり、孫の父親である津川が祝いの儀式を済ませたので、本題に入ることにした。

「中国大使館の動きはどうかね？」

喜多川は訊いた。津川は現在でこそ遊軍部門の捜査八課の所属だが、そもそもは公安外事課の出身である。

「変わった動きはまったくありませんね。ついでにフィリピン大使館関係も調べましたが、諜報活動のレベルをあげたという感じはないです」

「そうか」

「映像からは、なにか発見出来ましたか？」

津川がまた最初のシーンから流し直した。司会のE・H・エリックが「お静かにお聞きください」と言って引っ込み、四人が出て来るシーンだ。チューニングを開始している。

「しかしジョニーさんが、このときは現場にいたとはね。歴史を目撃していたということだ」

津川は当時八歳で、ビートルズなどまったく興味がなかったそうだ。ジャイアンツに夢中だったらしい。

「あぁ、見ていたが、ずっと上を見上げていたから、首が痛くなったのを覚えている」

津川は意外な顔をした。

「上を？」

「そう。あのときのステージは一階スタンド席の視線に合うように高く設置されていたからね」

日本武道館の一階席とはスタンドを指す。アリーナは本来試合をする競技者たちの場所だからだ。

「アリーナ席は？」

「あの日はテレビクルーの専用スペースだった。ぼくはそこから、山の頂（いただき）を仰（あお）ぎ見るような感じでいたから、首が痛くてしょうがなかった。

「それで、スタンドから降って来るパンティが頭に落ちた、と」

昨日のうちに津川には伝えていた。この男も定年間際で暇だ。年寄りの道楽につきあってくれると思った。

「そう。何枚も降って来たけれど、一枚が、まさにぼくの頭に当たった」

その数年前のロカビリー全盛期から、客席の女性ファンがステージの歌手にパンティを投げるのが流行していた。

六十年代前半のジャズ喫茶では、平尾昌晃、山下敬二郎、ミッキー・カーチス、飯田久彦などのロカビリー歌手が、毎夜パンティを浴びていた。

したがって、喜多川はさほど、不思議な光景とはとらえていなかった。もっともビートルズには、どう映ったかは、わからない。

「それが、不可解だと」

津川が刑事の目になっている。

「そう。これがその現物だ。五十一年間、誰にも見せずに持っていたものだ」

喜多川はチェストの抽斗から、透明なビニール袋に入ったパンティを取り出した。白い、ごくありふれたパンティが入っている。

津川が受け取った。持参した白い手袋をはめた。

「いま見ると、かなり幅の広いパンティですね。九月に写真週刊誌に流出した女優の不倫相手の男が頭に被っていたものに似ている……」

津川が摘まみ上げながら言った。

「ぼくには、女性のパンティのトレンドはわからない。問題はそこに書いてある文字だ」

津川はローテーブルの上に広げた。

ちょうど尻たぼを包むあたりに赤い文字で〈CLITORIS〉と書いてある。口紅で書いたものだ。ずっとビニール袋に入れて保存していたせいか、文字はほんのわずかしか劣化していない。

「クリトリス……ってねぇ。ジョンやポールに、そこを突いてもらいたかったんでしょうか」

津川が顔を顰(しか)めた。

「いや、そうじゃないだろう。だったら、股布に書くと思う」

喜多川は断言した。自分は五十年もの間、男性アイドルばかりを扱ってきた。女性ファンというのは、男よりダイレクトなリクエストをしてくるものである。

「しかし、クリトリスねぇ」

津川は大型ルーペを取り出して、パンティの尻部分を観察し始めた。

「ぼくはすぐに振り向いて、スタンドを見上げたんですよ。投げた女性がわかったんだよ。外国人だった。東南アジア系」

「よくわかりますね。大観衆の中から、特定出来たんですか?」

「ぼくに向かって、ノーノーと叫びながら、手を振っていたからだよ。必死にぼくの背後を指さしていた。たぶん、あんたに投げたんじゃない、ステージに投げ入れて欲しいって、言っていたんだろうね」

喜多川はいまも、その光景を鮮明に覚えている。

二十歳ぐらいの女だった。ビートルズに歓声を上げているというよりも、もっとなにか悲痛な叫び声を上げていたようだった。あくまでも、喜多川の見立てである。

津川が再びルーペでパンティを検分している。

「中国大使館だけじゃなくて、フィリピン大使館も当たらせたのは、女がフィリピン人ではないかと、推測したからですね」

「そうなんだ。今になって思い出したんだが、あのとき、後ろにフィリピン人の通訳がいたんだ。広告代理店に雇われていた男だったね。そいつは八ミリカメラを持ってきていたんだが、プロモーターに叱られて、レンズをステージに向けたら摘まみだすと言われていた。だから客席だけを撮っていたんだね。そのやり取りを事前に目撃していたので、ぼくは彼が客席だけを撮っているのをなんら不思議に思わなかった。だけど、五十一年経ったいま思えば、彼女は、あの男に渡せと言っていたような気がする」

喜多川はそのとき、すぐに尻ポケットにしまい込んでしまったのだ。

女は背広を着た男ふたりに両腕を取られて、連れていかれてしまった。大声で叫んで、パンティを投げつけていたりしたので、会場から退去させられたのだとばかり、思い込んでいたのだ。

「恋人同士だったんでしょうかね」

「そうだとしたら……その文字の意味は何だろう」

「クリトリス……」

津川がまた読み上げた。

喜多川は黙り込んだ。それ以上、なんら先が読めなかった。

「このパンティを鑑識にかけてみましょう。指紋採取が出来たら、何らかの情報を得ることが出来ます。当時の警察ＯＢに聞き込みしてみますよ」

「暇潰しに頼むよ」

「ええ、いい暇潰しになります」

津川は帰って行った。

喜多川はもう一度最初から録画を見直した。懸命に記憶を辿(たど)る。パンティが降ってきたのは「ペーパーバック・ライター」のときだ。

3

午後七時。

表参道はクリスマスに向かって色づいていた。まだ十一月だが、ハロウィンが終わればすぐにクリスマスセールに取り掛かるのが、ファッションの街らしい。

岡本信一郎は、外の喧騒をよそに、自宅で中村晶子のスマホに残されていたメールを、解析していた。

メールの全文をすべて自分のパソコンへ転送し、プリントアウトして、読み込む。気になる箇所に赤線を引き、その前後の別のメールと照合させるという作業を繰り返すのだ。編集者の習性だった。

芸能誌の編集部に配属になる前に、岡本は五年ほど文芸部にいた。中堅のサスペンス作家の担当だった。発想は独創的で、編集長やベテラン作家も舌を巻くほどだったが、担当としては厄介な相手であった。

初稿はほとんどにおいて、物語が破綻しているのだ。設定が夏のはずだったのに、登場人物がいきなりダッフルコートを着ていたりする。さらには、登場人物の名前も、前半と後半で、一文字変わっていたりする。田中という主人公がいつの間にか、中田になっていたりするのだ。時系列などはめちゃめちゃだ。構成が下手なので、物語が行ったり来たりする。

これらの問題点をすべてチェックして、書き直しを命じるのが、岡本の仕事だった。おかげで、文章に対しては常に疑いを持つ癖が付いた。それが、いま役立っている。

ちなみに、この作家は、修正した第二稿は、凄いものになる。作家はまず奇想を思いつくことが最優先であるということの証明である。文章力や構成は、編集者や優秀な校閲者がついていれば、どうにかなるものだ。

そんなスタンスに立って、晶子のメールを解析して、徐々に事の成り行きが、見えてきた。

担当していた下手くそなサスペンス作家よりも読みやすい文面のやり取りが続き、読み込んでいるうちに、現実の世界でサスペンスが起こっているのだと、徐々に理解出来てきた。これはバイオレンスに発展するのかもしれない。

検索サイトの履歴を見ると、この一か月、中国の海洋進出、マカオとフィリピンのカジノについて、さらにはビートルズ東京公演とフィリピン公演について、さまざまな角度から閲覧していた。

メールのやり取りからは樹里について、重要なことがわかった。

あの夜、マニラで入手したＶＴＲをダビングするために、五反田の「タイガースタジオ」へ向かっていたことがわかった。

そして二日後に、テープを奪われ、退職すると晶子にメールをしていた。

――樹里に何があった？

このメールの文面は絶対に、樹里が書いたものではない。岡本には恋人としての確信があった。

晶子のほうで重要なのは、今夜マニラで、人と会うことになっていたことだ。

自分と会う予定だった昨日の、次の日、つまり本日、マニラでジョセフ・ロハスという人間と会うことになっていた。

航空会社への予約も済ませている。面会予定の時刻は夜の十時。間もなくだ。

もう一度ＶＴＲをダビングして欲しいと、英文で書いてあった。

それ以前のやり取りから、テープの中身がビートルズの東京公演のものであるらしいことが想像出来た。

　そのテープに樹里や晶子が拉致される理由があるとしか考えられない。

　岡本はまず、マニラのジョセフ・ロハスのアドレスにメールした。極力、晶子の文体を真似た。これでも編集者だ。多少なりとも文体模写は出来る。

【ジョセフ。突然でごめんなさい。仕事が入って、飛べなくなったの。直前のキャンセルを許してね。追ってリスケを出します】

　そう書いて出した。するとジョセフからすぐに返事があった。

【おまえ、殺されたいのか。晶子はどうなった？】

　岡本は震えあがった。窓の外に見えるイルミネーションが、突然爆破されたような、衝撃だ。

　これが現実だ。

　ちょうど一週間前は、樹里とふたりベッドに寝ころんで、ＣＳの海外連続ドラマを見ていた。あの続きが今夜も放映されるはずである。

　どうして、樹里はここにいないのだろう。

　そうだ、引退する安室奈美恵（あむろなみえ）のラストツアーに行く予定も立てている最中だった。芸能誌の副編集長の立場を利用して、何とかチケットを入手せねばならないと思っていたのだ。

安室の引退に対して、自分は反対で、樹里は賛成だった。SMAPの解散に関してはまったく逆だった。

そんな会話をしていたたわいもない日常が、忽然と消えたのだ。

岡本は譬えようもない絶望の淵に立たされた。

ただちにメールの相手に正直に名乗り、事情を話すべきかどうか迷った。

しかし、相手が、本当に晶子の取引していたジョセフ・ロハスとは限らないのだ。よく考えれば自分には、まだまだ情報がなさ過ぎた。

メールを打ち返す以上にやらなくてはならないことが、いくつかある——岡本はそう思い直した。

まず、日東フィルムズの田川社長に会ってみるべきではないか。

警察に届けるべきかも、社長に相談してみたい。

ふと、晶子に、音楽評論家の鳥塚邦彦について調べて欲しいと言われていたことを思い出した。

『悪い噂とか教えてくれれば嬉しいんだけど』

確か、そう言っていた。換言すれば、晶子は鳥塚の弱点を探しているということだ。あの男なら、自分の専門分野だ。なにか手がかりを見つけ出せるかもしれない。

岡本は明日、自分の会社の専務に話を聞こうと、秘書にメールを入れた。三原忠夫(みはらただお)専務は、明日午後三時に空いているという。

その前に日東フィルムズの田川昭知社長に面会出来ればベストだ。

続いて岡本はマニラの制作会社について徹底的に検索した。ジョセフ・ロハスの経営する会社は「エ・スターシャ」という音楽番組専門の制作会社だった。

これも自分の守備範囲に近い。当たりようがあるような気がしてきた。

三原と田川の話を聞ければ、なにか手がかりが摑めるのではないか。

二日以内に全員の話を聞ければ、何らかの構図が見えてくるのではないか。

きっと摑める。中村晶子が、ここまで執拗に取材しているということは、どこかに何者かの奇想が隠されているはずだ。

岡本は、編集者らしい発想で事にあたろう、そう誓った。

4

午後十一時。

笹川玲奈は乃木坂にあるホストクラブ「エメラルド」を訪れた。二夜続けてであった。そろそろこの任務も仕上げに入っている。

この店に忍び込んでいた中国工作員は、三年で店長にまで上り詰めていた。

思えば、ホストとは工作員にとって、もっとも都合の良い隠れ蓑かもしれない。

なんといっても素性を詮索されずに採用され、腕と度胸だけで、資金や人脈を獲得出来る仕事なのだ。

おそらく女性工作員がホステスや風俗嬢になる以上に、さまざまな工作がしやすいだろう。局長が懸念していた通りの現場だった。

奴らが水商売の紛れやすさから、この国の中枢に手を突っ込んでこようとしたら、本当に厄介なことになりそうだった。

「エメラルド」が歌舞伎町ではなく六本木に近い乃木坂の店であるというのも、潜入場所に狙われた理由だろう。

歌舞伎町では客の大半が風俗嬢だが、六本木界隈のホストクラブには、女性実業家、外資系証券会社で働く女性ディーラー、キャリア女性官僚などの客が多い。もちろん銀座ホステスもやってくるが、彼女たちは常にパトロンたちと一緒だ。自分だけで弾けたいときには、よりダイレクトな交渉がしやすい歌舞伎町に行く。

六本木のホストクラブは接客業だが、歌舞伎町のそれは風俗業に近いと評される。あくまでも六本木側の言い分だが。

「エメラルド」は一定の品位と客の個人情報を守ることを売りにしていたので、よりセレブな女たちが集まっていた。

昼間、眉間に皺を寄せて働いている女たちほど、夜は若くてハンサムな男を口説きまくっている。

問題は、彼女たちがホストの知性を軽く見過ぎていることだった。

イケメンで、肉体も鍛えてあるホストは、夜に会えば魅力的だが、彼女らが昼間出合う、頭脳明晰な男たちに比べれば、明らかに、学力偏差値では劣る。せいぜい新聞やネットによる情報を喋れる程度だ。

酒を飲んだ客はついつい知識のひけらかしに走ることになる。実際は優秀なホストほど、そう思わせていることを知らなすぎる。

高額な支払いをするセレブ女性の虚栄心を擽れるように、バカを装うホストは要注意だ。

「エメラルド」の店長伊達雄星もおそらくそんなひとりだ。

――女の秘孔に詰まった情報を、工作員が肉棒で抉りだしているようなものだ。

「エメラルド」の扉を開けると、その店長が珍しくエントランスに立っていた。

「玲奈さん、連日ようこそ」

「今夜はぼくがご案内します」

「あら、雄星さん、じきじきのお出迎えとは、私、客としてワンランク上げてもらったということでしょうか」

玲奈は笑顔を振りまきながらも、心の内では身構えた。一回の入店で二十万円程度しか使わない玲奈は、この店では最下層に属する加橋翔の担当だ。雄星の客ともなれば、一晩に二百万ほど落とすのが普通だろう。

「そんなぁ、玲奈さんは初めから、大得意ですよ」

大箱店の奥まった席に通された。客はまだまばら。木曜日の午後十一時は、一番中途半端な時間でもある。

明日の金曜日ならば、この時間は満席のはずである。

商社に勤めているOLらしく、おとなし目の白のワンピースにマックスマーラのグレーのジャケットを着ていた。

豪華なソファに腰を下ろすと、すぐに数人のホストたちが周りを囲んで来た。ヘルプの子たちだ。雄星が目の前に座った。

「翔君、ずいぶん、待たせるのね。他のお客様と同伴中かしら？」

そんなわけはないと思いつつも、玲奈は一応そう訊いた。翔には、夕方、今夜も店に行くと伝えてある。彼は九時過ぎには出勤すると言っていたのだ。

「翔はまだ出て来ていないんですよ。連絡もなし……」

雄星が目の前で、腕時計を見た。

「午前零時を回っても、連絡がないようなら、無断欠勤(むけつ)と見なすしかないですね。玲奈さん、翔からなにか聞いていませんか？」

眉根(まゆね)を吊り上げながら言っている。この男の本名は王西順(ワンシエージユン)だ。玲奈は妙な胸騒ぎを覚えた。

「いいえ、特に何も聞いていませんよ。夕方、電話はしたけど、明るく『待ってまーす』なんて言っていたけどね。そのうち来るんじゃない？」

とぼけた。内心焦った。

「玲奈さんと約束しておいて、まだ来ていないんですから、店長として責任を感じます。今夜は私の奢りです。どうぞ、好きなだけ飲んでください。いまボトルをおろします」

雄星が片手を上げると、背後にいたホストが、イエィと叫んだ。

「ありがとう、でもその前に、ちょっとお化粧を直させてちょうだい」

玲奈はポーチを抱えて、洗面所に向かった。

何を飲まされるかわからない。ポーチの中から、ＦＩＡ特製の錠剤を四粒ほど取り出し、口に放り込んだ。

睡眠剤に対抗する薬だ。医療工作班の樋口敏行が、玲奈の今回の任務用に調合してくれたものだ。アルコール酔いにも強い。

そもそも酒には強いが、今回の相手は、酒を飲むプロたちなので、それなりの防備をしていたのだが、事ここに及んでは、飲まされるのは酒だけと限らない。

玲奈は主任の藤倉克己にもラインを入れた。

【酒で潰されて、拉致られるかも……サポート願います】

返事が来た。

【了解。救急車で追跡する】

とりあえず、防備は出来た。玲奈は席に戻った。テーブルの上で、レミーマルタンルイ十三世が燦然と輝いていた。ダイヤモンドスペクターマグナムと呼ばれるボトルだ。ボトルが四カラットのダイヤで装飾されている。要するに中身の液体よりも、ダイヤの価値というボトルだ。まともに入れたら、六本木価格五百万のボトルだ。

「なにこれ、こんなのおろすお客いるの？」

玲奈は肩を竦めながらそのボトルの前に、腰を下ろした。

「今年の三月に、サウジアラビアのサルマン国王一行が来日したでしょう。あのとき、六本木中に、お伴の男性たちはキャバに、女性たちはホストクラブの見学に現れるという噂が流れたんです。いや、結果、誰も来なかったんですけどね。ひょっとしたら、現れたら、このぐらいのボトルは軽く入れるんじゃないかと思って……」

雄星が身振り手振りで言っている。いかにも霞が関の女性官僚が好みそうな話題だ。トークの腕はやはり抜群だ。翔の比ではない。

「ばっかじゃないの」

玲奈はその話題に乗ったふりをした。

「もっとも、このダイヤは当然キュービックジルコニアですよ。本物のダイヤボトルなんて、酒屋に行っても買えないですから……ねぇ」

と雄星。周囲のホストたちも大声をあげて笑った。

CZは模造ダイヤモンドの代表格だ。ちょっと見にはわからないが、見破る方法はいくつかある。一番簡単なのは息を吹きかけることだ。

本物なら一瞬曇るが、すぐに消える。ダイヤモンドは熱伝導率が高いからだ。

「あれ？」

ボトルにはめ込まれた四カラットは、吐息の曇りをすぐに消した。

「ちょっと失礼」

玲奈は水の入ったグラスに人差し指を入れ、石を濡らしてみた。玲奈は目を見張った。

「うそっ」

水が弾かれて球形の水滴になった。天然ダイヤの場合はこうなる。人工ダイヤモンドは、弾かず平たく付着するのだ。

「これ、天然ダイヤでは」

「えぇえぇ、そんなばかなぁ」

雄星は大げさに驚いて見せる。

しまった。玲奈は胸底で舌打ちした。

これは客の力量を試す一種のテストなのだ。確認などせず、へぇ～偽物なんだ、とでも言い、気軽に飲めばよかった。

「あーぁ。やっぱり、翔は来ないね。無欠確定だな」

雄星が言った。眼光が鋭くなっていた。腕時計を見ると午前零時を回っていた。

「どうしたのかしら？」

さすがに玲奈も訝しく思った。

「まったくです。本当に申し訳ありません。せっかく来店していただいたのに、お詫びの言葉もありません。せめて僕ら流のお詫びで、まずはこのボトルを……」

雄星は何の躊躇(ためら)いもなく、六本木価格五百万円のボトルを開けた。

ホストたちが歓声を上げる。背後から、シャンパンタワーが現れた。グラスの総数五十本。大昔のウエディングケーキのような高さだ。

あの中身が危なそうだった。

ルイ十三世をホストたちと共に飲み、タワーに注がれたシャンパンも振る舞われた。白、ピンク、イエロー、ドンペリニヨンのフルコースだ。

ホストたちも一緒に飲んでいる。雄星はルイ十三世だけを飲んでいた。玲奈は全然酔っていなかったが、呂律(ろれつ)が回らなくなったような口調で訊いた。

「翔君、どうなっちゃうのかなぁ」

「残念ながら、玲奈さんが六本木であいつと会うことは出来なくなると思います」

雄星が低い声で言う。目が『そういう世界ですから』と語っていた。そろそろ本性を現してきたようだ。

気が付くと、さっきまで数人いた客たちが消えていた。シャンパンタワーやら立ったままの大勢のホストたちが玲奈の席の周りを囲んでいたので、見えなかったのだ。

「あれ、いまは、私ひとり？」

玲奈は訊いた。

「ええ、今夜はもう、クローズしました」

雄星が上着を脱いでいる。

一緒にシャンパンを飲んでいた五人のホストの動きが緩慢になっている。目を擦ってい
る者や、欠伸（あくび）をしている者もいた。

彼等は潰れ要員だ。

玲奈は、あえて大きな欠伸をした。実際眠くはなかった。

「もう、こいつら、高い酒に弱いみたいで、だらしないなぁ。おいっ、チェンジだ」

雄星が右手を上げて、指を鳴らす。潰れかかったホストたちが、のろのろと席を立ち、
新たに五人のホストが座った。日ごろ見かけない顔ぶれだった。いずれも先ほどよりいい
男が付いた。

「眠い……」

玲奈はそう言って、ソファの背に後頭部を乗せた。そのまま目を伏せる。

雄星がじっと様子を窺っている気配がする。あくまでも気配だ。なんとなくだが、店の
ＢＧＭのボリュームが上がったような気がする。それもさっきまでは、ジャズピアノだっ

しばらくして、左右の男がまた変わったようだった。おそらくやり専ホストだ。

真横の男にワンピースの裾を捲られた。右の太腿が全部出された感じ。

腰骨まで行っちゃっているかもしれない。今夜はナチュラルカラーのパンストを穿いている。その内側は薄いピンクのパンティだ。

翔とやるつもりだったから、シルクのショーツだった。だからと言って見られていいというものではない。

男はパンティクロッチに食い込むパンストのセンターシームの上を、指で押してきた。

ぐちゅ、ぐちゅ、と鳴る。

「クリトリスを押して見ろ」

雄星の声がした。玲奈がどれだけ薬が効いているか試そうとしているようだ。

——ということは、ここは我慢だ。

ずちゅ。親指で押された。

「あぁぁ」

思わず声が漏れ、尻を捩ったが、それ以上の抵抗はしなかった。際どい演技が必要だったのに、いまはダンスミュージックだ。

「もう、効いているみたいですけど。ほらっ」

　男は窪みの辺りも押してきた。クロッチの内側が、秘孔の中に潜り込んでくる。声が漏れそうでもれそうで、しょうがない。唇と瞼に思わず力が入る。

「タキザワ、キスしてみろよ。舌絡ませるんだ。反応がなかったら、熟睡モードに入っているということだ」

　慄然とさせられた。

「それで、寝たふりだったら、どうします？」

　タキザワという男が、答えている。

「この女がＯＬなんかじゃないっていう証拠だ。なぁ玲奈さん」

　雄星が話しかけてくる。目を開けるタイミングではない。玲奈は必死に寝たふりをした。

「やれよ、タキザワ」

「はいっ」

　顔に息がかかった。男の濡れた唇が当たり、舌が割り込んできた。気持ちがいい。ねっとりと唇を吸われ、舌を絡ませられた。唾液も送ってくる。かなり気持ちのいい舐め方だ。つい、こちらも舌を動かしたくなる。

だめだ……じっとしていなくては……。

　こらえるほどに、身体中がムズムズしてきた。キスが上手な男だった。唇と舌の動きが実に繊細だ。舌と舌を絡ませているだけではなく、ときおり玲奈の舌の尖端を上下の唇で、吸引してくる。否が応でも、クリトリスを吸われる様子を妄想させられる。

　あっ、あっ、いいっ。

　決して喉からは漏らさず、胸中だけで喘いだ。ブラジャーの中で、乳首が腫れあがり、股間は、ずぶ濡れになった。これだけは止めようもない。

　別な男の手が、股間をまさぐってきた。パンストの上からだ。

「かなり熱くなっていますよ」

「それは、しょうがねぇよ。寝ていても、女は濡れる。男も勃起するだろう」

　雄星が答えている。

　カチャと、ベルトのはずれる音がした。

　やられるんだ、と覚悟した。

「コーイチ、上手にパンストとショーツだけ降ろせ」

　雄星の声だ。左側にいる男はコーイチというらしい。コーイチが玲奈の腰骨の辺りに、両手でまさぐってきた。

――あっ。

一気にパンストとショーツが一緒にずり降ろされる。股布がシールのように剝がれていく。脱ぎ終わると両脚を大きく広げられた。

雄星におまんこを見せる感じだ。

「ぐちゃぐちゃっすね。こいつホント寝ているんですか。タヌキ寝入りして、感じまくっているんじゃないでしょうねぇ」

コーイチが言っている。玲奈は顔から火が噴くほど恥ずかしかった。

「悪い、コーイチ、花びら、広げてくれよ」

「はいっ」

コーイチが花びらを割り広げた。

――雄星に挿入されるっ。

玲奈はそう思った。秘孔が蠢動したのは間違いない。花弁に触れたのは、指先だった。クリームを塗られる感触。正面から雄星の指先が伸びているようだった。

――えっ？

花芯を中心に丁寧にクリームを広げられた。濡れた粘膜花には、とても冷たく感じられた。

──あんっ。

肉芽を包む皮の上にも塗っている。最後に穴の中にまで塗られた。一瞬、ヒンヤリしたが、それよりも、膣壁に塗られるときに、中でとろ蜜が、ぐちゅぐちゅと鳴るのが、恥ずかしかった。

その間も唇はタキザワに奪われたままだった。タキザワは丁寧に、舌や口蓋を舐め続けている。舌が蕩けそうだ。

股の間の肉皺が、徐々に熱くなってきた。同時に痒くなる。

──何これ？

脚を閉じたくてとじたくて、しょうがなくなってきた。太腿の付け根のあたりが震え出し、花びらが、ねじくれるような快感が広がってくる。穴の中から猛烈な疼きが沸き上がってくる。おまんこ全体が溶けてしまうような快感だ。

さすがに目を開いた。キスをしていたタキザワの目があった。とんでもなく整った顔立ちの男だった。

だがいまは、この男の顔に見惚れている場合ではなかった。股間がパニック状態になっていた。触らなければ悶え死んでしまいそうだ。

「タキザワ、コーイチ、その女の手と足を押さえつけろ」

雄星が怒鳴った。ふたりの男に左右、それぞれの半身を押さえられた。コーイチも少女コミックに出て来る王子のような顔立ちだった。こんなホストが工作員だったら、日本の女は全部やられてしまう。

他にいた三人のホストがタキザワとコーイチにロープを渡した。手首と足首を縛られる。足首を引かれ、盛大に開かされた。

「いやぁあああああ」

見られることへの嫌悪で叫んだのではない。おまんこを触りたくて、どうしようもなくなっていた。とにかくクリトリスが破裂しそうなのだ。

「玲奈さん、あなた何を調べているんですか？　翔にうちの店に出入りしている他の客のこと、聞いていたみたいですね」

雄星は裸になっていた。

「もっといい女と付き合っているんじゃないかと、嫉妬していただけです」

「そうとは思えない。あなたは、お金の使い方が冷静すぎる。こういう店に来る女性というのは、もっと感情に任せて、お金を使うものです」

「私は、ただのＯＬだから」

「いやただのＯＬにしては、毎回二十万円は使い過ぎなんです。時たまやってくる一般Ｏ

Lはせいぜい五万円しか落としてくれませんよ。それにあなたの勤めている、霞が関商事、営業実態が希薄ですね。興信所に調べさせたんですよ。いえ、最初は踏み倒されたくないということから調べたんですが、この会社、不思議ですね」

雄星は言っているが、あまり耳には入らなかった。クリトリスの尖端が疼いてたまらない。

「創業五十年とあるけれど、四年前から、営業実態がいきなり縮小されている。これどういうことですか？」

「……」

返答に窮した。

「昨日も、おかしかったですね……クルーザーでのあなたの視線」

「ど、どうしてですか……」

「玲奈さん、クルーザーに乗っても、海はほとんど見ていませんでしたね」

「えっ。そうでしたっけ？」

「はい、玲奈さん、クルーザーの内部の構造を観察したり、他の参加者の素性を探ってばかりいました。他の人たちもそう証言しています」

「そんなことありませんよ。私は日本にカジノが導入された場合の運営会社の選択をしようと、マカオの方とパートナーシップが出来るかどうか、探っていただけです」

玲奈は内腿を痙攣させながら、答えた。

「あなた、麻薬取締官じゃないんですか？」

そう来たか。

「そんなことありませんよ。あんっ。もう疼いてしょうがない。ホストならホストらしく、まず挿したらどうなのっ」

玲奈は声を荒らげた。

「公安ってこともあり得ますよね」

雄星が鋭い目を向けてきた。

「一発、見舞ってくれたら、本当のこと、話してもいいわよ。みなさん、ダイヤモンドの密輸しているんでしょう。霞が関商事として、一枚嚙めないかしら」

玲奈は涎を垂らしながら、答えた。

咄嗟のハッタリだが、根拠がゼロというわけではない。先ほど本物のダイヤモンドを埋め込んだボトルを見せられたときに、頭に浮かんだのが、密輸品ということだった。

覚醒剤よりリスクが少なく、金塊よりも持ち込みやすい。そして女をたぶらかすには最高の小道具だ。

ホストを隠れ蓑にした工作員が考えそうなことだった。

にわかに雄星の顔が引き攣った。

「みんな、帰れっ」

雄星が吠えた。タキザワ、コーイチ、そのほかの男たちがすぐに立ち上がり、店の外に出ていった。

ダイヤの問題よりも、いまはクリトリスの疼きのほうが、重要だった。

玲奈は立ち上がり、雄星の首に両手を巻き付け、キスをした。キスしながら、右手で、雄星の肉根を握った。熱く滾っていた。手筒でゆっくり摩擦した。

積極的に舌を絡ませ、唾液を送る。雄星も応えてきた。ベロベロと舐め返してくる。さきほどのタキザワよりも獰猛な動きだ。

口の中で、互いに激しく舌腹をねぶりあう。身体をまさぐり合う縮図のようだった。

——あぁっ。

淫剤を塗られまくったおまんこが、もうどうにもならないほど、切羽詰まってきた。どかんっ、と爆発してしまいそうだ。

玲奈は早く入れとばかりに、雄星の剛直を摩擦した。飛ばしてしまうほどに手を動かした。

雄星の顔がくしゃくしゃになった。

キスをされたまま、いきなり右脚を抱えられた。一度落ちていたワンピースの裾がまた捲れ上がり、女の舟底が露見する。

「んんんん」

立ったまま挿入された。互いに陰毛が擦れ合うまで入れこまれた。

「はぁああん」

尾てい骨に快楽の炎が突き抜ける。そのまま、ガッツん、ガッツん、揺さぶられた。

玲奈も締め返す。淫気が溜まりにたまっていたせいで、玲奈は、すぐに頂点に達した。達したのは報せず、続けて三回ほど昇った。

そこで、ようやく余裕が出来て、雄星の耳元に囁いた。

「密輸はコートジボアールか、中央アフリカ共和国ルートでしょう。うちの取引先もあるわよ。組まない？　鑑定書を偽造すれば、もっと儲かるわよ……そのルートもあるの」

「鑑定書の偽造？　玲奈ちゃん、そんなことが出来るのか？」

雄星がいきなり左脚も抱え上げてくれた。駅弁スタイルになった。サービスのつもりらしい。取引の主導権が玲奈に移った証拠だ。

「銀座の津川貴金属の鑑定書があれば、捌きようがない死蔵品ダイヤに、正規の値がつくわよ」

　膣の中で雄星の肉棒がさらに盛大さを増した。

「俺、ちょっと勘違いしていたみたいだ」

「翔君はどうなるのかしら」

「明日、連絡させる。大丈夫だ。必ず店に戻す。ダイヤの件、相談しようじゃないか」

「百回昇かせてくれたら、組んでもいいわよ」

第三章　デイ・トリッパー

1

「晶子だけ、出てこい」

　いきなり扉が開いて、安岡の声がした。

　扉の向こう側がとても眩(まぶ)しく見えた。眩しすぎて安岡の顔は見えなかった。

　中村晶子は額に手庇(てびさし)を翳(かざ)しながら、通路へと出た。

　ここに閉じ込められて、いったいどれほどの時間が経ったのか、もはや見当のつけようもなかった。

　幽閉された部屋には窓がなかった。ずっと暗闇だ。樹里とは部屋を分けられていた。彼女は隣の部屋らしい。らしいということしかわからない。ときおり聞こえてくる喘(あえ)ぎ声が樹里のものと思われたからだ。

その声が聞こえてくるたびに、晶子は嫉妬していた。たぶん、安岡に貫かれていると想像したからだ。

部屋には極太バイブレーターとローターとペットボトルが置かれていた。バイブやローターなど、最初は嫌悪していたが、いつの間にか、頻繁に使うようになっていた。

暗闇でじっと過ごすのは不安だ。いつ死刑の宣告をされるかと怯えるだけの時間が過ぎていく。

自然とマスターベーションにのめり込むようになった。疲れ果ててペットボトルの水を飲むと、すぐに睡魔が襲ってくる。

眠りから覚めるとまた不安になった。その繰り返しだった。時の感覚はまったくなくなる。

せめて、VTRのことや、五十一年前の詐欺事件について質問してくれれば、正直に答え、相手の関心がどこにあるのか、知ることも出来たと思う。

知れば媚びることだって出来るのだ。

だが安岡は何も訊いてこなかった。

その代わり、ときどきやって来ては、セックスをしていく。

晶子はさまざまな体位で貫かれた。三十三年の人生で、まったく経験したこともないような体位を、一気に体験させられた。セックスがこれほど感じるものだと、はじめて気が付かされた思いだ。

そのぶん、隣の部屋で、同じことを樹里もされているかと思うと、妬心に駆られるようになった。彼女がいまは先に殺されればよいと思っている。

安岡はデッキに上がっていった。連れ込まれたときにも見た船尾デッキだった。今日は釣り具がなかった。

晶子も続く。猛烈に眩しかった。

大型クルーザー「ワイルド・ワン」は、いつのまにか外海に出たようだった。三百六十度見渡しても、陸らしいものはまったく見えない。

陽が斜めの角度から差している。方向感覚もないので、太陽が東西どちら側にいるのかもわからなかった。

いまは朝なのか、夕方なのか？

自分の勘に従えば朝だった。空気の澄み方がそんな気分にさせたのだが、確証はない。

「シーツを取って裸を見せろ」

安岡に命じられた。

「はいっ」

すぐにシーツを取った。素肌に陽の光を受けるのも久しぶりだった。身体はさほど臭くはなっていなかった。ここに連れてこられて、それほど日にちが経っていないということではないか。

安岡はホースを持っていた。キャビンのどこかから引っ張ってきている。

「両手を上げろ」

五メートルぐらい離れた位置から、ホースの尖端を晶子に向けている。まるで銃口のように見えた。

「えっ」

「股も開けっ」

「いやっ」

咄嗟に、殺されるのだと思った。

逃げようと周囲を見渡したが、海しかなかった。

晶子は膝を抱えてしゃがみ込んだ。泣いた。涙がとめどもなく流れてくる。

「おいっ」

安岡がキャビンに向かって叫んだ。すぐにホースの尖端から液体が、噴きだしてきた。

床と平行に飛んで来る。いわゆる鉄砲水の勢いだ。股間が狙われていた。

「いやぁあああああ」

思わず瞳を閉じた。失禁した。

「あぁあっ」

漏らした尿が跳ね返されていた。

おまんこに的中したのは、ごく普通の温水だった。

女の粘膜地帯を温水で撃たれていたのだ。花が開くほどの勢いの温水シャワーだった。

「あぁあ、いやっ」

「あぁ、いや、ううんっ」

前後左右に尻を振らされた。恐怖が快楽に激変していた。

安岡はホースの尖端を指先で縮めて、さらに勢いをつけている。

角度を少し上にされた。

「あぁあああああああ」

クリトリスを直撃されて、晶子の身体は弾き飛ばされた。銃弾で撃たれたような衝撃だった。一気にデッキの端まで、すっ飛ばされた。

「腰を突き上げて、穴をこっちに向けろ」

安岡は表情を変えずに言っている。

言われるままに、腰を突き上げた。ストリッパーのようなポーズだ。頭の中は混乱した。自分はいったい、なんて格好をしているのだ。

「あぁああ」

安岡は正確に秘孔の入り口を狙ってきた。

「開け、もっと開け、指を突っこんで、穴を広げるんだっ」

うろたえながらも、晶子は膣穴を広げた。なんていうことをしているのだという思いと、とにもかくにも、言われるままにせねばならないという本能が、格闘していた。

「あうぅうう」

淫層の中に温水の奔流が飛びこんできて、柔肉を掻きまわされる。

「あぁあああああっ」

頭の中が真っ白になった。

そのあとは、全身に温水を浴びせられた。乳首も弄(いじ)くられるように、打たれ、俯(うつぶ)せにさせられ、アヌスを直撃された。気持ちいいとか、悪いとか、そういうものを飛び越えた、異次元の感覚に翻弄(ほんろう)された。

一通り浴びせられた後に、バスタオルを二枚投げつけられた。自分は洗浄されたのだとようやく気が付いた。

「身体を拭いたら、これを着ろ」

目の前にビニール袋が置かれた。

中には真新しい下着とブルージーンズ、それにワイシャツと合成皮革のジャンパーが入っていた。晶子は解放されるのだと思った。

——どこかで、なんらかの取引が成立したのかもしれない。

一番考えられるのは、自分が追っていた事件に関する情報が、もはや役に立たなくなったということだ。

それならそれでいい。あれはもともとジョークのような事件なのだ。騙されたほうがバカすぎる。日本のヤクザのほうが中国人よりも優秀だったということだ。

晶子は無事東京に戻されたら、もう報道の仕事は辞めようと思った。

——平凡に生きたい。

そう思いながら、服を着た。人間に戻った気分だ。

ボストンバッグを持った安岡が近づいてくる。

「この中に当面の着替えがある」

やはり解放されるようだ。晶子はボストンバッグを受け取った。

腕を摑まれ、船尾のタラップへと導かれる。クルーザーの真下にゴムボートが来ていた。

頼りない感じで荒波に揺れている。黒人がふたり乗っていた。人相はよくない。カモン、カモンと指で呼んでいる。

「私、売られるんでしょうか？」

正直に訊いた。わざわざ、身を清められたのはそのためとしか思えない。

「質問は出来ないと言っただろう」

「はい」

晶子は地獄に降りるような気持ちで、タラップを降りた。上から安岡の声がした。

「心配するな。そいつらは人買いじゃない。向こうにいる貨物船で、あんたの調べていた島に連れて行ってくれる」

「なんですって」

「あの島で、暮らせ」

「そんなっ」

無人島である。死を告げられたに等しかった。

「五十一年前に、中国を騙した奴を恨め」

晶子はひと思いに殺されたほうがまだましだと思った。

2

十一月十七日午前九時。

岡本信一郎は、日東フィルムズを訪問した。社長の田川に事情を話し、中村晶子と沢田樹里のデスクやパソコンを検(あらた)めさせてくれないかと頼んだ。

田川はとても七十六歳にはみえない、矍鑠(かくしゃく)とした人物であった。

樹里からはロマンスグレーの素敵な叔父(おじ)様風と聞かされていたが、その通りの人物であった。さぞかし若いころはモテたであろう。

田川に最初は拒否された。

田川は突然退職したふたりを恨んでいる様子だった。ただし、どこか釈然としない思いも抱いているらしかった。

岡本はふたりが拉致(らち)された可能性について伝えると、さすがにあわてた。相談した結果、警察に届けるべきかどうかは、身の回り品を調べた後にすることにした。

中村晶子は個室を与えられていた。さほど大きくはないが、チーフプロデューサーのみが与えられるガラス張りの個室だった。

岡本はデスクの上のパソコンをONにして、立ち上がるのを待った。

「中村さんは、マニラで、どんなVTRを入手しようとしていたのでしょう」

「それは私にもわからないんだ」

と、田川は前置きし、晶子が企画していた案件について語り出した。

「彼女が私に企画書を上げていたのは、六本木の脱法コスメに関するドキュメントだ。取引現場をスクープするべく、周辺取材をしていたが、なんとか取引現場を盗撮出来そうだと言っていた。あぁ、これ翔栄社さんに教えちゃまずいネタでしたね」

田川はなんとも気まずい表情になった。お互いマスコミ同士というのもやりにくいものがある。

「ぼくは、今回まったくプライベートな立場で来ています。ここで見知ったことは、社に戻っても絶対口にしませんよ」

まっすぐ田川を見て伝えた。

「わかったよ。いまは、女性ふたりの行方を捜すことのほうが先だ。ひょっとしたらマニラに覚醒剤（かくせいざい）取引の拠点があったということだろうか」

岡本は腕を組んで千慮（せんりょ）してから答えた。

「それはないと思いますね。ぼくは、樹里と一緒に暮らしていますが、脱法コスメの件については、いくつか聞いていました。中村さんは樹里に、その取材は男性スタッフだけで組むと言っていたそうです。マニラはまったく別件で、ＶＴＲの直接運搬だと言っていました」

「なるほど。まったく別件か……」

今度は田川が腕を組んだ。

「社長が知らない取材をしているということは？」

「そんなことは、ザラにある」

こともなげに言われた。

「うちが作っているのは、バラエティやドラマじゃないんだ。ドキュメントさ。プロデューサークラスはみんなスクープを狙っている。いちいち、社内会議に上げずに、独断で専行するなんてことは日常茶飯事さ。そのぐらいの器量がなければ、プロデューサーなんて勤まらないよ」

晶子のパソコンが立ちがった。

田川社長がパスワードを打ってくれた。社用パソコンのパスワードは総務部で管理しているのだそうだ。

「なんだこりゃ。ファイルがまったくない。メールの履歴も消されている。岡本さん、ちょっと待ってくれ」

田川はすぐに総務部へ連絡した。すぐにパソコンのセキュリティ担当者がやって来て、作業を始めた。

「どうにか復元してみますが、社長いいですか？」

「いまは許されるだろう。社用パソコンでは建前上、個人メールは禁止している。覗かれてもいいメールばかりのはずだ」

田川が言った。総務部員が黙々と作業を進めた。三十分ほどでメールを復元した。

「二千件以上ありますが」

「この十日ぐらいのやり取りを確認しよう」

岡本は田川と総務部員と共に、メールを開けた。受信と送信を交互に見なければならない。リターンがあると楽だった。

一時間ほどで、やり取りを見た。英文メールがいくつもあったので、時間がかかった。英文に関しては田川のほうが読むのが速かった。紛争地区にいる海外のフリージャーナリストからもよく売り込みがあるから、英語に親しんでいるのだそうだ。

マニラの音楽制作会社「エ・スターシャ」と「ビートルズ東京公演に関して」のやり取

りが頻繁にあった。

「これだと思います。理由はわかりませんが、中村さんはこのＶＴＲを入手したくて、樹里をマニラに行かせたのだと思います」

「そういうことらしいな……しかし、何のために」

総務部員が今度は晶子のウェブの閲覧履歴を探った。

「ときどき、通販サイトを見ていますね。化粧品とか、家具とかも」

「みんなやっていることだ、そのぐらいは目をつぶろう。ただし奨励はするな」

田川は常識的な経営者のようであった。

「はい……あれ、中村さん、勝手にダークウェブにも触っていたみたいですよ」

総務部員は悲痛な声を上げた。

「それは禁じ手なんだがな」

田川が眉間に皺を寄せた。

「いや、確証はないんですけど、いやなウイルスがいっぱい飛んでいるんですが、これは地下の情報に触れた可能性がありますね。まいったなぁ。データ盗まれているかも」

「すぐに、手を打ってくれ」

「わかりました。こっちは私の能力では復元が困難なのでセキュリティ会社に連絡します」

総務部員はあわてふためいて、飛び出していった。

岡本は田川と共に樹里の席に回った。

田川が言うには、仕事柄ダークウェブから情報を取ることは、この会社では珍しくないそうだ。ただし、その場合、総務部に届けて、専用のパソコンから接触することになっているという。

「気持ちはわかるが、ルール違反だ」

田川は険しい目をした。経営者としては当然の言葉だ。

樹里の席でパソコンを立ち上げ、ホーム画面に自分の顔が映っていたときには、涙が出た。

「きみが沢田君の正真正銘の恋人であるということが、私にもわかったよ」

田川が背中を撫でてくれた。

樹里の席からはたいした情報は得られなかった。ビートルズについて調べている様子は皆無(かいむ)だ。メールのやり取りの大半は、キー局からの請負に関する内容だった。

マニラの音楽番組制作会社「エ・スターシャ」のジョセフ・ロハスには田川が直接打診してくれるという。

岡本は礼を言い、青山の日東フィルムズを後にした。銀座の翔栄社に向かう。十一時に出社しても早いと言われる芸能誌編集部だ。三原専務との打ち合わせは午後三時なので、社の仮眠室で朝寝をしたい。

午前十時。

加橋翔は閉じ込められている赤坂のマンションで、なんとか脱出する方法はないかと、扉と窓の間を何度も往復していた。歩くのがやっとだった。

殴られた顔がまだ腫れている。目の縁が切れ、鼻梁が腫れ上がっている。とても見られた顔ではない。もう少し時間が経てば、顔中に黒々とした痣が浮かぶだろう。ホストが顔をボコボコにされるのは、最大級の仕置きだ。

それだけではない。逃亡防止のために、脛をさんざん蹴られた。幸い折れてはいないが、歩行は辛い。

翔がいま部屋の中をうろついているのは、一刻も早い蘇生のためである。自然治癒能力を引き出すためには、寝ているよりも、動いたほうがよい。

——それにしても、あの女、いったい何者なんだ？

翔は昨夜、店の前についた時点で、雄星に思い切り殴られた。

わけがわからなかった。

直引を疑われたのだと思った。直引とは店を通さないで、客から金を引っ張ることだ。裏引とも呼ぶ。

多少はやっている。デートするごとに五万円程チップを貰っていたのは事実だ。だがその程度なら、誰でもやっていることだ。殴られて、監禁されるほどのペナルティだとは思えない。

雄星に殴られながら『あの女は何を調べている？』とさんざん問われた。知るわけがない。『おまえも犬なんかじゃねぇよな』と言われたときには背筋が凍った。

ひょっとしたら、自分自身の狙いが暴かれたのかもしれない。

――俺が探っているのは、ダイヤの入手ルートだ。

「エメラルド」という店名のくせに、店の隠し金庫にダイヤモンドが詰まっていた。翔は入店一年後にその事実を突き止めていた。あれから二年、知らん顔して、その入手経路を探っていた。

取引相手がわかれば、そのシンジケートをそっくり、いただくつもりでいたのだ。

それが翔の目的であった。

一昨日のクルーザーパーティのときに、マカオや香港から来た人間に混じって、アフリカ人やフィリピン人の姿もあった。

アフリカ人は間違いなくダイヤの密売元だ。フィリピン人のほうは覚醒剤の元売りだ。雄星はこのフィリピン人売人と六本木の半グレ集団のつなぎ役をやっている。取引に関しては、すべて海上でやっているのだ。

そういえば、アフリカ人とフィリピン人はカジノをほとんどやらず、短い時間だったが、雄星と船底へと消えていた。

密談していたに違いない。

玲奈がマカオから来たジャッキーという男のそばを離れなかったので、翔は雄星の後を追えずにいたのだ。

船底にダイヤが隠されていたはずだ。

翔は窓の下の様子を伺った。ここは赤坂二丁目である。丘の上のマンションだった。

地上から十メートルはある。飛び降りるのは不可能だ。

しかし、とにかく逃げなければならない。一度マークされた限り、もはや目的を遂げることは不可能だ。

命あっての人生である。

そのとき、扉が開いた。ふたりのホストが入って来る。ヘルプ専門のシンゴとツヨシだ。まだ二十歳そこそこのガキだ。

「翔さん、昨日は申しわけなかったです」

とシンゴ。膝に手を当て、深々と頭を下げている。

「いやぁ、俺らも雄星さんに命令されたものですから。翔さんを押さえつけるしかなくて。まったくわけわからずに、やっていたんです」

ツヨシの手にはレジ袋。サンドイッチにバナナ、それにインスタントコーヒーの瓶などが詰め込まれていた。

「どういうこった?」

翔はふたりを睨み返した。

「さっき雄星さんから連絡があって、今度は麻布に連れて来てくれって。夕べのことは、勘違いだったんで、詫び入れなきゃならんとか言っていましたよ。俺、コーヒー淹れます」

ツヨシがキッチンに立って、薬缶に水を入れ、沸かし始めた。

「おまえら、夕べ店にいたのか?」

バナナの皮を剝きながら訊いた。腹は空いていたのでありがたかった。だが、このふたりの話を丸ごと信じる気はさらさらない。

次の現場に連行されたら、それで人生が終わり、ということもあり得る。

「はい、出ていました」

シンゴに訊いた。

「玲奈は？」

「いらっしゃっていました」

都合悪そうな顔になった。翔は目を吊り上げた。目尻がまだ痛むが、ここは貫禄の違いを見せるために、気合を入れた。

「誰が相手をした？」

「そ、それは雄星さんで……」

「おまえは、席についていたのか？」

シンゴの目が泳いだ。

「いえ、俺とツヨシはシャンパンタワーを運ぶ係で……」

そこまで言ってシンゴは突然口を噤んだ。わかりやすい男だ。つまりシャンパンに睡眠導入剤を混入させたということだ。

「最後は、雄星とふたりきりになったんだな？」

「は、はい。俺らは、一時過ぎには全員、帰されました」

ツヨシがコーヒーを淹れてきた。まずいインスタントコーヒーだが、この一服は頭を整理するのには役に立つ。

「ちっ。人の客、横取りしやがって。店長ともあろう男がホスト道に悖るぜ」

翔はあえて、ホスト同士の諍いに見せかけた。事実はそうではあるまい。雄星は、得意の寸止めセックスで、玲奈を屈服させたに違いない。

催淫剤を使って、なおかつ、昇天直前に、男根の抽送を止めるのは、ホストの基本技だ。金を引っ張る最終コーナーで使う手だ。

金を引っ張るためだけではなく、何かを白状させるためにも、効果的な技だ。思考がそこに辿り着いて、翔は、思わず膝を叩きそうになって、寸前で止めた。

──あの女、マトリか？

麻薬取締官だ。そうであれば、さまざまなことが腑に落ちる。

──それで俺に接近して来たのか？

翔は疑心暗鬼になった。

一度、笹川玲奈の素性を根本的に調べ直さなければならない。そして雄星のもとに戻るのは百パーセント危険だという答えが出た。幸い、出迎えのふたりは、あまり利口ではない。

「じゃあ、店長のところに行くか。どんな誤解があったか知らないが、こんだけボコられたんだ。相応の治療費をくれるってことだろう」

翔は少しよろけながら立ち上がった。

「そりゃ、翔さん、一千万は固いですよ」

シンゴが当然のように言った。ホストの世界はすべて金である。

感謝も、遺憾も、意は金額で示すのが習わしだ。

「まぁ、そんなところだろう。ふたりとも朝っぱらから、面倒くさい役目で御苦労なこった。一千、貰ったら、ひとり百ずつぐらいはやるよ。もう少しバリッとしたスーツでも買えよ」

ふたりが満面の笑みを浮かべた。指名を持つホストからの祝儀だけで食っている身にとって、百は大きい。

「行きがけに、ミッドタウンに寄ってくれないか。店長との手打ちだ。俺も手土産のひとつでもぶら提げていくさ」

「わかりました」

マンションを出た。翔はシンゴの運転する小型車の後部シートに乗り込む。東京ミッドタウンの前で止められた。

「ツヨシ、悪いな。ストアで、モエ・エ・シャンドンを二本、買ってきてくれないか。所詮儀式用だ。白でいい。いまはこれしかない。あとで十万プラスしてやる」

ツヨシにしわくちゃになった万札を三枚渡した。さんざん殴られたが、ズボンのポケットに突っこんでいたその日暮らしぶんの金は奪われてはいなかったのだ。毎夜出勤時に十万ほど持参することにしているのだ。

「三万あれば充分ですよ」

ツヨシは勇んで、東急ストアへと飛びこんでいた。

十秒後に翔は後部座席から降りて、運転席の扉の前に立った。まだ体中が痛かった。

「へっ、翔さん、どうしました？」

シンゴが怪訝な表情をした。翔はかまわず扉を開けて、シンゴの鼻梁の真横に拳を打ち込んだ。瞬殺だった。

不意打ちを食らったシンゴがごろりと助手席側に倒れる。翔はそのまま扉を閉めて、タクシーを拾った。

「品川に行ってくれ」

新幹線で熱海に向かうことにした。とにかく打撲を癒したい。反撃はそれからだ。

3

午後一時。帝国ホテル。オールド・インペリアル・バー。

喜多川は津川雪彦とこのバーでランチをしていた。八十三歳と五十九歳のふたりでは、ハンバーグステーキサンドが一皿あれば充分だ。

もちろんスコッチと共に、である。

「これが五十一年前のビートルズ来日時の警備体制です。警官と機動隊三万五千人、装甲車四十台、パトカー七十台を導入していますね」

津川がコピーしてきた当時の資料に目を落としながら、報告してくれた。

「あぁ、とんでもなく物々しい警備だったことを覚えているよ」

ほろ酔い気分で答えた。昼に飲むスコッチは格別うまく感じる。人が働いている時間の酒だからだ。

「私服刑事も相当張り込んでいます。外国人客も大勢いましたし、大使館関係者も多く招かれていました」

「ユー、公安関係は調べた？」

もっとも知りたい部分はそこだった。

「ええ、生きている先輩たちを探し出して訊いてきましたよ」

津川はステーキサンドの最後の一片を摘まみながら、喜多川のほうに向きなおった。

「当時は冷戦時代だったので、諜報合戦が凄かったそうですね」

「だろうね。当時のぼくは芸能事務所を立ち上げたばかりの人間で、いまとは立場が違うから、想像もしていなかったけれど、一九六六年頃というのは、東京はスパイの交差点だったはずだよ」

「まさにその通りです。ビートルズ公演のような場所はスパイたちが情報を売り買いするのに恰好の場だったとも考えられますね」

津川はまず最後のステーキサンドを口に放り込んだ。もぐもぐと咀嚼している。もどかしい男だ。

挙句にスコッチを一杯ひっかけて、ようやくまた語り出した。

「現在ほどグローバル化していなかった、当時の東京では欧米人というのは目立ちます。当然、内調や公安も旧ソ連人、それに東欧の共産圏諸国から来ていた外国人たちは、マークしていました」

「共産圏のジャーナリストはだいたい諜報活動をしていたと言うよな」

「はい、バレエやスポーツの親善団体なんていうのも、みんな怪しかったそうです。特に随行員がね……」

「いまの北朝鮮（DPRK）のような国が、山ほどあったということだ……」

喜多川はかの国の刈り上げ頭のデブが大嫌いであった。

「日本に住み着いている諜報員や接続員もたくさんいました。飲食店や輸入雑貨販売店、外国人専用クリニックなどを開業して、堂々と情報収集に当たっていたのです」

「日本人から見ればロシア人も東ドイツ人も、アメリカ人と区別がつかない。彼らが、西側の人間だと名乗っていれば、客はなんでも喋っただろう。しかし、公安や内調はそんな連中の、定点観測をしていたんだろう」

「もちろんです。ですが漏れはたくさんありました。一番厄介（やっかい）だったのは、入国段階で偽装パスポートを持っている外国人の割り出しだったそうです。六十年代はまだアナログの時代ですからね。とくにフィリピンやインドネシアといった独立直後の国では比較的安易に偽造パスポートが手に入れられたようです……それらの国のパスポートを持った共産圏諜報員はかなりいたようです」

津川はそこで言葉を区切った。喜多川の記憶を確認しようとしている目だ。

「……」

喜多川は遠くを見つめた。あの日、一九六六年の七月一日に、ジョニー喜多川の背後にいたカメラマンの人相を思い浮かべる。

顔立ちはフィリピン人であったと思う。あのパンティを投げて寄越した女性もロシアや東欧系のような白人ではなかった。

「ぼくが見たのは、フィリピン人もしくは東南アジア系の人間だったと思う。もっともフィリピン人が何らかの諜報活動をしていてもおかしくないが」

「なるほど……」

津川はまたスコッチを飲んだ。

「それにしても、ビートルズ公演の二日目、ジョニーさんが見ていた、七月一日の昼の部ですがね、フィリピン人はおろか、外国人女性を客席から引き剝がしたという記録はないんですよ。もちろん犯罪というほどのことではないので、いちいち記録していなかったのかもしれません。ですが、ジョニーさんが見たような検挙に近い状況であれば、何らかのメモは残っていると思うんです。いまとは違う時代ですから……」

津川の言っていることはもっともであった。

ビートルズ来日中の五日間は、まさに国を挙げたような大騒ぎで、そこで起こった出来事はなんでもニュースになったのである。

「わからん……」

津川もしばらく考え込んでいた。じっと資料に目を落としている。古いタイプの活字が並んだ資料だった。

「この頃はまだ、中国のことを中共と呼んでいたんですね……ぼくも小学生の頃はそう聞いていたような気がします。国交がなかったこと、同じ共産圏でも、当時はまったくの後進国だったこともあり、ソ連ほどマークをしていなかったようですが、中共もそれなりに暗躍していたんですね……」

「そりゃ……」

……そうだろう、と答えようとして、喜多川は口を開けたまま、沈黙した。去来するものがあった。

「あのフィリピン人女性を連れ去ったのは、日本人じゃないのかもしれない」

「えっ」

と津川が頭を叩いた。つるっ禿げ頭が、いい音を奏でた。何度も叩くので、頭皮が真っ赤になった。

バーに笹川玲奈が入ってきたのはそのときだった。

「津川警部補。相変わらず頭部が亀頭のように見えますね」

「し、失敬な。麻衣の同僚だから、いつも大目にみているが、あんたもっと言動を慎みたまえ。霞が関商事は目上に対するマナーを教えていないんですか」

津川に睨まれた。さすがに公の場では霞が関商事と呼んでいる。総務省消防庁情報局(FIA)は非公然組織である。玲奈はK大学病院の元看護師で、喜多川同様、民間からの登用だった。

孫の喜多川麻衣とは情報局一課の同僚。注射の名手であり、すれ違いざまに麻酔薬を打てる貴重な存在である。

「こんなハゲに礼儀なんて、要らないが、何だね……いきなり」

喜多川は、ちょうどいま、五十一年前の中国の諜報活動に思い当たったところだったので、玲奈の乱入に苛立った。

「時間を取らせません。津川警部補、ご実家の津川貴金属にご連絡して、ご協力を願えませんか。香港機関の工作員にひと泡吹かせてやりたいんです」

最後のワンフレーズは囁(ささや)き声だった。

午後三時、岡本は、翔栄社の専務室に入った。

「三原専務。お忙しいところ恐縮です。音楽評論家の鳥塚邦彦さんの経歴について、少し教えていただけませんか」

「おぉ、かまわんよ」

三原忠夫は、鼻に落ちかけていたロイド眼鏡を指で押し上げながら、鷹揚(おうよう)に頷(うなず)いた。六十四歳である。来年で役員任期を終える。社内には惜しむ声が多い。

翔栄社にあって主に芸能部門を歩んだ人間である。

岡本は三原と対面する形で、ソファに腰を下ろした。

「鳥塚先生とは、いったいどんな人物なんでしょう」

「芸能界の暗部と密接に繋(つな)がっている男だよ」

三原は大声で笑った。そんなこと当たり前だろうという顔だ。

「日本音楽大賞の審査委員長の席に二十年も居座っていますが、長期にわたり過ぎていて問題にはならないのでしょうか」

日本音楽大賞の審査員には翔栄社からも出ている。岡本の上司である月刊芸能誌「モーニングスター」の編集長寺内隆(てらうちたかし)がここ数年担当しているが、大賞、最優秀新人賞に関しては鳥塚の意向に従って投票するのが、審査委員会全員の暗黙の了解になっているという。

従わなかった委員は必ず翌年外されている、という。

「私が翔栄社に入社したのは一九七六年だが、その頃、鳥塚先生は、もう隠然たる力を持っていたよ。何と言ってもファイアープロの黒川会長が後ろ楯になっているからね」

芸能界のドンの名前が出た。

黒川英雄。御年八十歳。なるほど鳥塚邦彦とは同い年だ。ふたりが長年にわたって気脈を通じていたとしても、無理はない。

「鳥塚先生は黒川会長の手兵というわけですね」

日本の芸能界にはいくつか陣営があるが、ファイアープロを頂点とするＦ陣営がもっとも古典的な集団と呼ばれている。

テレビのメイン番組の出演権を握り、それを自社陣営の事務所にうまく振り分けるという、一九六〇年代に出来上がったシステムをそのまま現在にも活用しているのがＦ陣営だ。

ネットが発達した。アーティストはコンサートを中心に活動するようになったと言われて久しいが、やはりスターを作る一番の早道はテレビとなる。

その利権をめぐって熾烈な闘いが展開されているが、最大勢力がＦ陣営ということになる。

対抗できる事務所と言えば、唯一男性アイドル専門のＪファミリーズだ。

　ただしこの事務所は、芸能界において珍しく孤立主義を貫いており、他のプロダクションと連携をするということが一切なく、日本音楽大賞もこの二十年間、出場辞退という態度を取っている。これが芸能界における二大陣営の暗黙の了解事項だという声もある。

　芸能界における政治にJは口出ししない。代わりにF陣営は男性アイドルはデビューさせないという、相互不干渉政策である。

「黒川会長と鳥塚先生の歴史は深いよ。ファイアーがまだ新興プロだった頃にまでさかのぼる」

「なぜ、鳥塚先生は、取り入ることが出来たのでしょう？」

　三原はコーヒーカップを手にした。

「黒川会長を警察関係と繋いだらしい。鳥塚先生は学芸部になる前は社会部で警視庁担当だったそうだ。そのときのコネを芸能界と結び付けたんだ」

「なるほどそういうことがあったんですか……」

　晶子はその辺のことを追っていたのではあるまいか。三原が続けた。

「細かいことで言えば、マネジャーの交通違反は日常茶飯事だ。当時はちょっと交通課の連中を知っていれば、違反点数のもみ消しなんて、簡単だった」

「羨（うらや）ましい限りですね」

「鳥塚先生が間に入った便宜供与はおそらくそれだけじゃないだろう。七十年代と言えば、まだ芸能界、とりわけ興行界は裏と表が密接だった時代だ。やっかいな相談を仲介したんだろうね」

「専務、引退したら、それ書けますね」

岡本は自分がもといた文芸部から、ぜひ戦後の芸能界裏面史を出して欲しいと願った。

「とんでもない。芸能マスコミに身を置いたものとして、真実を語るのはタブー。真実は語らない。芸能報道というのはそれ自体がエンターテインメントなんだから」

みずからマスコミ人であることを否定するような発言であった。

「いまでも鳥塚先生が、薬物や暴力事件などで逮捕されたタレントの代弁をよくしているのはその頃からの流れがあってのことなのですね」

「そうだと思う。行政側と芸能界のどちらの顔も立つコメントを出すのがうまい。いまだに警察ＯＢを通じて、情報入手が出来ているということだろうね……ただね」

三原はまたずり下がってきたロイド眼鏡を押し上げた。

「ただ、なんでしょう？」

岡本は前のめりになった。

「……鳥塚先生がそれだけ、警視庁に顔が利くのは社会部時代に警察幹部の秘密を握ったという噂があったんだ。もうそんなことを言う人もいなくなったけれどね。駆け出しのころに、先輩からそんな話を聞いたことがある。入社以来、地方支局回りもさせられずに、社会部でサツ回りを十年も経験した人間が、三十三歳で、あっさり学芸部へ異動って、毎朝でも前例がないことだそうだ」

「秘密を握ったというよりも、ドジを踏んだってことではないのですか？」

「普通はそう考える。でも、その後の鳥塚先生の推移を見ると、むしろ警察と密着しているように思われる……これは、私の推測でしかないけれどね。その辺を調べてみると面白いんじゃないかね」

三原は時計を見てから顔を上げた。ヒントを上げたじゃないか、という顔だった。

「来年で、退任なんでね。もう私の仕事じゃないよ」

秘書が顔を出し「取締役会議のお時間です」と声をかけてきた。

岡本は葉山に行ってみることにした。

4

午後四時。銀座二丁目の津川貴金属本店。玲奈は伊達雄星を待っていた。

松屋側から雄星が信号を渡ってきた。ホストっぽくないビジネススーツを着ていた。きちんとネクタイも締めている。

「もう手に入れたわよ。鑑定書」

手を振って答える。

手に入ったも、へったくれもない。真っ赤な偽物を用意したに過ぎないのだ。偽造鑑定書なんて、諜報機関にとっては朝飯前の仕事である。

津川貴金属の前で待ち合わせたのは、信憑性を高めるためだ。詐欺師の舞台装置と呼べばいいだろうか。

「いちおう、中へ入ってみる？　わたしここのマネジャーと出来ているのよ」

目の前に辿り着いた雄星に訊いた。陽のある時間は苦手と見える。まだ眠そうな目をしていた。マネジャーと出来ているとは嘘に決まっている。

「へぇ。どんなおっさんか、覗いてみたい」

「じゃあ、一緒に入りましょう。あなたは、ここの商品を観察してね」

踵を返して津川貴金属に入った。

「あれれ、笹川様。まだ、なにか御用で？」

長身の男が近づいてきた。上質なスーツの胸に「マネジャー津川」の金プレート。津川春雄。警視庁捜査八課のボンクラ刑事の甥だ。とても血が繋がっているとは思えない精悍なマスクをしている。二十六歳。

従姉である喜多川麻衣と一緒に何度も飲んでいるので、顔見知りである。

津川貴金属の跡取りである春雄は、津川から伝言されただけのセリフを口にしている。芝居が下手なので少し声が上擦っていた。

「いや、もう一回、これ見ておきたくて」

ショーウインドウの小粒なダイヤに視線を落として、言った。五十万程度の分相応な品物だ。

「存分にご覧ください」

「春ちゃん、来週また飲める？　ふたりで……」

声を潜めて訊く。アドリブだ。春雄は驚いた顔をした。それぐらいがちょうどいい。ふたりで飲んだことなどない。いつも麻衣が一緒だ。

「えっ、あぁ、まぁ、いいですよ」

曖昧な返事だ。女性店員が春雄に怪訝な視線を向けている。

春雄は唇に指を立てて「仕事場で、プライベートな話なんかしないでください」という表情をつくる。理想の展開だ。

「ごめん、ごめん。仕事中だったよね。帰るわ」

雄星の袖を引いて、店を出た。

「彼、あなたに嫉妬していたわね」

そう見えなくもなかったはずだ。

「せっかくのカモなんだから、焼餅なんか焼かせないほうがいい」

雄星が真顔で返してきた。

これは嵌まってくれたようだ。

春雄はまったく事情を知らないのだ。

それがかえって効果を生んだ。

玲奈は玲奈で警部補の津川から、きつく命じられていた。

『店から直接、偽造鑑定書を渡させるわけにはいかない。それでは、津川貴金属が詐欺に加担したことになる。勝手に真っ赤な偽物を作って、あたかも本物であるように振る舞え。春雄には、差し障りのないセリフしか言わせられない。いいね』

それでいまの感じになったわけだ。

偽鑑定書は「津川貴金属銀座一号店」「鑑定士・津川冬彦」としてある。サインは警部補の津川雪彦が、兄の夏彦に似せて、書いたものだが、津川一族に冬彦はいない。先代の父親が秋彦。現経営者の長兄が夏彦。その息子はまだマネジャーの身で春雄。冬彦はいない。次男は雪彦を名乗り警視庁に就職したのだ。

『前に似たようなことやられたことがあるそうだから、これで騙される奴もいるだろう』

津川警部補が言うには犯罪は真似るのが一番だという。プロは、前歴者を真似、少しずつ、進化させるのだそうだ。

――スキルって、そうやって磨かれるのね。

だから自分も従来のやり口に新ネタを混ぜた。

「ここに鑑定書を十枚用意してきているの。来月も十枚ぐらいなら彼に発行させることが出来るわ。だけど出来るだけ、外国人に使いましょう。爆買いツアーの中国人とか、すぐこの国からいなくなる人がいい」

外国人に使いましょう……がミソだ。

「俺もそう考えている。まずはツアー客さ。津川貴金属のブランド力は高い。俺は通訳やツアコンをたくさん知っている」

雄星が言った。悪人の知恵は似ている。

玲奈はシメタと思った。それが香港機関の工作員たちだ。芋づるに引っ張ることが出来る。

「鑑定書を見せるわ。人目につかないように、エメラルドに行きましょう。もちろん、その前に、翔君と会わせてくれるんでしょうね」

玲奈は念を押した。翔はおそらく昨夜拉致されたはずだ。無事解放させなければならない。

「すまない。その翔だが、どう勘違いしたのか、今朝、迎えを出したのに、そいつらを撒いて、逃亡してしまった。いや、嘘じゃない」

雄星が言った。信じろというほうが無理だ。

「それじゃあ、取引は成立しないわ。まず、翔君を私の目の前に連れて来てからよ」

玲奈は四丁目の交差点の手前、パン屋の前で、きっぱりと言った。アンパンのいい匂いがしてくる。

「いやいや、必ず捜し出すよ。まさか、あのひ弱な翔がガタイのあるシンゴを一発で倒すなんて思ってもいなかったよ。でも、必ず捜し出すから、とりあえず、ダイヤモンドについては先に進めさせてくれないか」

雄星は懇願するような目をした。工作員の目の色などはあてにならない。玲奈は沈黙した。

しかし、いま雄星が言ったことが少しだけ気になる。

――翔がシンゴを殴った？

玲奈が知っている加橋翔とは、か細い優男だ。玲奈も知っているあのシンゴのようなマッチョ系の若者を一撃で倒すなどというイメージはない。

――えっ？　ひょっとして私、相手を間違えている？

加橋翔が工作員？

「わかった。とりあえず、店についたら、鑑定書を十枚は渡すわ。その代わり、私にも、ダイヤを見せて」

偽ダイヤと鑑定書が出回れば、混乱するのは香港機関だ。


「あれぇえ？」

突然、背中で声がした。振り返ると、一昨日東京ミッドタウンのイタリア料理店で会った翔栄社の岡本信一郎が立っていた。

「あら、こんにちは。お友達は見つかりました？」

「いや、まだです。でも笹川さんと加橋さんのおかげで、手がかりが摑めました。ぼく、これから葉山に行ってきます。あのこちらは？」

岡本が玲奈の脇に立っている雄星を見た。名刺を取り出して会釈している。

「あ、こちらは先日一緒だった翔君の上司」

雄星は面食らったようだった。あわてて名刺を出している。

「エメラルドの伊達と言います」

「どうも。何かのご縁がありましたら、また。急ぎますので、これで失礼します」

岡本は四丁目の時計屋の角を有楽町方面へと曲がって行った。玲奈は岡本との出会いについて話した。

「へぇ～。鶴岡八幡宮の前で、そんなことがあったんだ。翔からは、何も聞いていなかったから……」

「だって、お店に行く前に、全部解決してしまったんだもの」

「そっか。翔栄社さんか、エリートなんだろうな……」

雄星は岡本が残した名刺をじっと見つめていた。

「玲奈ちゃん、ちょっとトイレに行ってきていいか。六本木まで我慢できそうにない」

「わかったわ。私も用を足したい」

ふたりで、向かい側の三越（みつこし）百貨店に入った。トイレブレイクだ。

とりあえず、雄星に鑑定書は渡してやろう。

午後五時四十分。岡本は葉山マリーナの駐車場で、鳥塚邦彦を待っていた。

逗子についたところで電話をいれると、葉山マリーナの駐車場で待つように言われた。想像していた以上に、鳥塚は愛想がよかった。

鳥塚は黒のアルファードで来ると言っていた。八十歳の老人にしては、大きな車を操るものだと、感心しながら待った。

三十分ほどかかると言われたので、缶コーヒーを飲みながら待った。陽はとっぷりと暮れている。岡本はコートを着てくればよかったと悔いた。

駐車場には車は一台もいなかった。

前方からアルファードが進入してきた。短くクラクションが鳴らされた。岡本は相槌を打つように軽く手を上げる。

アルファードは岡本の前に横付けされた。運転席の扉があき、巨軀の男が降りてきた。猪首で耳が反りかえっている。何か格闘技でもやっている男であろうか？　一重瞼である。不気味な感じがした。

男は岡本に対して会釈をして、後部のスライド扉のほうへ回って来た。岡本はこの男を専用の運転手だと思った。

扉が開いて、男に手招きされた。中には誰も座っていなかった。

「あの、鳥塚先生は？」

足を踏み入れながら、不安になって訊いた。ひょっとしたら、人違いではないかと思った。

そう言った瞬間、男に背中を押された。車内に顔からのめり込んだ。そのまま押し込まれた。

「何をするっ」

岡本は反転して上体を起こしたが、それが言葉を言った最後になった。

直後に、男の革靴の爪先が飛んできて、顎を打たれた。

「うわっ」

顎に激痛が走った。言葉を発しようとしたが、口が動かなかった。上顎と下顎が外れてしまったようだった。

痛みもあるが、とてつもない違和感がある。喋れないのだ。

続いて腹部を蹴られた。胃液を吐いた。

シートに仰向けに倒れ、そのまま顔面を何度も殴られた。目が潰れていく。腰や脚も徹底的に蹴り上げられた。骨が折れたか、罅が入ったのは間違いない。

ふと、樹里や晶子もこの男に拉致されたのだろうと確信した。

されたことを想像すると、哀しみがこみ上げてきた。

なぜだ？　理不尽すぎはしないか？

殴っている男は、不気味なほど冷静で、暴力の専門家を思わせた。岡本は恐怖に支配され、抵抗する気にもなれなかった。

無抵抗のほうが早く終わるのではないか。願わくは、早く気を失いたい。そのほうが楽なような気がする。

しかし、意識はそのまま残ったままだった。瞼が腫れだしたらしく、視界は徐々に狭くなっていく、だが聴覚や皮膚の感覚は残っていた。時間が経つほど身体中の痛みが広がっていく。

「うぅうう」

口は半開きのままで、唇を上下させることさえかなわない。声帯を震わせるだけだった。

ようやく殴打が終わり、目に黒い布を巻かれた。腫れた瞼が押さえつけられてさらに激痛が走る。

運転席に戻った男が、どこかに連絡していた。たぶんスマホを使っているのだろう。岡本はシートにうずくまった。

「回収した。こっちで処分する。先生は何も気にすることはない」

相手は鳥塚らしい。男はそれだけ言うと電話を切った。

アルファードが動き出した。どこへ向かっているのかはわからない。

車体が軽くバウンドするだけで全身に激痛を感じる。カーブもきつい。引力に逆らおうとしても、手足に力が入らないので、座席から床に落ちそうになる。そのたびにうめき声を上げた。

三十分ほど走行して、アルファードはようやく停車した。潮の香りと共に波の音が聴こえてくる。浜辺らしい。男の肩に担ぎ上げられた。波の音が近づいてきた。潮の香りもきつくなってくる。

海に沈められるのか？

岡本は戦慄した。

モーターボートのようなもので沖へ連れ出された。視界が閉ざされているので、実際は何に乗せられたのかまったくわからなかった。音と匂いと揺れだけでそう判断したまでだ。口を布で塞がれた。ハンカチのような布だ。強い臭気があった。吸引用麻酔のようだった。

「あぁああ」

岡本は一気に気が遠くなってきた。このまま死ぬのだと思った。

どのくらい経過したのか、岡本には見当もつかなかった。目の辺りを指で触ってみる。目かくしは外されているようだった。

重い瞼をどうにか上げたが、視界が狭すぎて、状況が判断できない。

何も見えなかった。闇のままだ。死後の世界にいるのかと錯覚するほどだ。身体を捻ると激痛が走った。この肉体の痛みが、ここが現の世界であることを教えてくれた。

自分は床に横臥していた。

顔を向けていた先で扉が開いた。光は確認できたが、ぼんやりとしか見えない。

「信一郎さんっ」

樹里の声がした。とっさに返事をしようとしたが、「おうおう」と唸ることしか出来なかった。

「いやっ」

近づいてきた樹里が岡本の顔を見て悲鳴を上げた。元の顔とだいぶ違ってしまっていたからだろう。顔が変形するほどに腫れあがっているのは自覚していた。

樹里は真っ赤な水着のようなものを着ていた。

ワンピース型の水着のようだが、目を凝らすと、バストと股間の部分が、くり抜かれているのがわかった。女が普通は隠す部分だけが、露出している。

——なんで、そんなものを着ている？

岡本は目で訴えた。樹里がひどく哀しそうな目をして、首を二度、三度、横に振った。諦めてと言っているようだった。

背後から、あの男の声がした。

「そいつのファスナーを降ろして、しゃぶってやれ」

「はいっ」

樹里が命じられるままに、岡本の前に跪き、ファスナーを開けてきた。

「んんぅ、おぅおう」

岡本は拒絶しようと身を捩った。

「うがぁああ」

激痛が走った。顔を振ることも、言葉を発することも出来ない。樹里の五指で肉茎が取り出された。まだ軟らかい状態だ。ズボンの上から睾丸の部分を揉みながら、唇を触れてきた。亀頭の裏側に舌を這わせ、じゅるっ、じゅるっ、と舐めあげられた。舐めながら、さらに指で棹を扱きだす。

岡本は愕然となった。

一緒に暮らしていた中で、一度も見せたことのない淫らなフェラチオを、樹里はいま目の前で展開させているのだ。

フェラチオとクンニはどちらも、嫌いだったはずではないか？

それを岡本がいつも懇願して舐めたり、舐めてもらっていたのだ。

「勃起しなければ、そいつは海に沈むことになる。必要なのは役立つ人間だけだ」

男が言った。

「は、はいっ。ちゃんと大きくします」

今度は口を大きく開いて、亀頭を唇で包み込んできた。皺玉を揉んだまま、顔を上下させた。肉幹の底から快感の芯が通ってくる。

「おぉ、おぉ、うぎゃっ」

快感に両脚を突っ張らせただけで、脳みそがぶっ飛ぶような痛みが走った。男の快楽根だけは、甘美に包まれるが、残りの全身は痛んだ。

心はもっと痛んだ。樹里と最後のセックスをしたのは、彼女がマニラに立つ前日。一週間ほど前のことになるが、そのときのフェラチオとまるで違う。

舐め方が格段に卑猥になっているのだ。唇が捲れるほど、激しく上下させ、舐めしゃぶってくれているのだ。

「うぅうう」

たちまち勃起した。

男がその様子を覗いてくる。死ぬほど恥ずかしかった。男は納得したように、樹里の肩を叩いた。

「挿入しろ。顔を俺のほうに向けて、尻を落とせ」

「うぅううう」

岡本は顔を歪ませた。それしか意思表示が出来ない自分がもどかしかった。顎が外され、足腰が立たないというのは、こういうことなのか、と思い知らされる。

せめて樹里が拒否してくれることを望む。他人に交尾を見せるなど屈辱でしかない。

だが、樹里は別な言葉を吐いた。

「はい、安岡さんの言う通りにします」

——なんてことを言う。

岡本は耳を疑った。だがなす術(すべ)がない。

背中を向けた樹里が、ぬるぬるとした女の秘部をこすり付けてきた。相撲の蹲踞(そんきょ)のような格好だ。

「おうぅううう」

そのまま、入膣角度を決めると、樹里は一気に尻を沈めてきた。

ずぶっ、ずぶっ、と剛直が肉層にのめり込む。すぐに肉の全体が、蜜壺に圧迫された。

峻烈(しゅんれつ)な快感と苦痛が同時に押し寄せてきて、岡本は、何度も身震いした。

「くわぁ」

「あぁ」

樹里も喘いだ。

バストを揉みながら、さらに尻を揺さぶってくる。跳ね上げては沈ませ、穴を震わせる卑猥な腰遣いだ。

胸底から黒い雲がどんどんこみ上げてきたが、同時に快楽の液体も湧いてくる。

肉の尖端が、ぶるっ、ぶるっ、と震えた。

そのとき安岡が裸になっていることに、ようやく気づいた。股間はすでに屹立(きつりつ)していた。巨根だった。太い筋がいくつも浮かんでいる。

安岡にじっと顔を覗き込まれた。岡本はもう射精しそうだった。腫れた眦(まなじり)だったが、少しずつ上がっていた。潰れた鼻の穴からも荒い息が噴出し始めている。

じわじわと精汁が濃くなり始めていた。

「外せ」

安岡が樹里の顔の前に、屹立を突き出しながら言っている。樹里がぬるりと、抜いた。

「はうぅうう」

岡本の陰茎が剝き出しになった。包み込んでいた筒を失ったまま、脈動している。

「尻をこっちに向けろ」

安岡が樹里に命じている。樹里は従い、すごすごと床に両手と両膝を付け、高く尻を掲げた。樹里の顔は岡本の眼前にある。

信じられない光景を見る想いだ。岡本は自分がＡＶの中に紛れ込んだのかと思った。

「そいつにキスしろ」

その安岡の声と共に、樹里が唇を差し出してきた。唇を重ねられ、舌を割り込まされたが、はずれた顎が押され、耳から脳にかけて、激痛が走る。頭が吹っ飛ぶような痛みだ。

「んんわっ、うっ」

泣いた。苦痛に顔を歪ませ、ボロボロ涙を溢(こぼ)した。

「あぁあああああああ」

突如、樹里も唇を離し、声を張りあげた。安岡に背後から貫かれていた。樹里の瞳からも涙が落ちていた。

哀しみだけではなく、歓喜の涙でもあるように見えた。

悪夢なら、早く醒(さ)めて欲しい。ただひたすらそう願った。

第四章　アイ・フィール・ファイン

1

十一月十八日（土曜日）。午後一時。日比谷（ひびや）公園に面した霞が関商事ビルの六階会議室。喜多川は部下の来るのを待っていた。

このビルこそが総務省消防庁情報局（FIA）の本部であり、霞が関商事は隠れ蓑（みの）であった。

三十分後に緊急会議を開くことになっている。緊急に部下たちを招集した。

二時間前に警視庁の津川雪彦がいきなり帝国ホテルにやってきた。

喜多川は日生（にっせい）劇場で芝居を観るつもりだったので面会を断ろうとしたが、パンティの指紋が出たと言われたので会うことにしたのだ。

五十一年前のパンティについた指紋が確認されたのだ。

『ルビー・バレンティーノ。一九四〇年マニラ生まれ。当時、赤坂の外国人ナイトクラブで働いていましたが、英国諜報部の接続員だったことが公安の記録に残っています。生存していれば、七十七歳。おばあちゃんになっていますが、パンティを返しますか？』

あの男は必ずどうでもいいことを付け加える。

津川はそのほかにも、重要な情報をくれた。五反田と鎌倉で拉致と思われる通報があったので、所轄署が防犯カメラの解析に動いたが、警察庁の公安部から待ったがかかり、その事案を持っていかれたという。

『公安の動きがおかしいです……ですが、捜査八課からは手を出せません。ですからジョニーさんのほうで、これ解明してくれませんかね』

津川雪彦は、元々は公安外事課のエースだった男だ。そのため情報は収集できたが、逆に自分が動けば、察知されるということだった。

津川は自分が探索した情報をまとめた書類を置いていった。拉致された人物たちの氏名や、何をしようとしていたかなどが書かれていた。喜多川はそれらの書類に目を通した。

――公安はなぜ、この案件を潰す？

疑問が膨らんだ。それで部下たちを緊急招集することにしたのだ。

――警視庁には内密に、ＦＩＡで捜査する。

喜多川は、部下が揃う前に、会議室の液晶モニターで、ビートルズ東京公演の映像を確認していた。

いま流れているのは一九七八年に日本テレビが再放送した映像である。系列のバップがVHSとして販売していた。カラー映像である。先日帝国ホテルの自室で見ていたモノクロとは違う。

——やはり再放送ではない。

こちらは初日の一九六六年六月三十日の夜の部の映像だった。日本テレビは当初この映像を、翌日七月一日の夜九時に中継録画として、放送するつもりだったのである。

それがお蔵になった。そしてこのＶＴＲを日本テレビは十二年後に「たった一度の再放送」として流す。

——なぜだ。

詳しく事情を調べると、マネジャーのブライアン・エプスタインから待ったがかかったことによるという。

理由は「客席がほとんど映っていない」ということだったそうだ。

ブライアンとしては、熱狂する観客の映像があってこそビートルズ人気の凄さを伝えられると考えていたのだろう。

みずからも舞台演出家であった喜多川には、よく理解出来る話である。ライブ映像とは、観客の表情があって初めて臨場感を持つ。

いま目の前に映るステージの四人にだけ焦点を合わせたこのカット割りは、演劇の舞台中継に近い。ただし販売するためのＶＨＳパッケージとしては有効であった。

タダで見るテレビ放送と違い、金を出して購入する人々は、ほとんどの尺をビートルズの姿に当てて欲しいからだ。

ブライアンのクレームにあわてた日本テレビは、翌七月一日の昼の部も収録して、いわゆる「録って出し」状態で夜の放送に漕ぎつけたのである。

ちょうど喜多川がビートルズを目撃していた日と重なる。

しかし、マネジャーの一言で、再収録が行われるとは、さすがに国賓級のアーティストであったわけだ。

――だが？

と喜多川は首を捻った。

これがショービジネスの角度からではない提言だと考えたら、どうなる？

もちろん仮説でしかない。

ブライアン・エプスタインは七月一日のマスターテープを持ち帰ってしまっている。あの日の映像は日本テレビにも存在しないのだ。

よって一九七八年の木曜スペシャル枠では初日のＶＴＲが日の目を見ることになる。いま流れているのがその映像だ。

ここにはなんらヒントになる映像はなかった。喜多川はため息を吐いた。

ブライアンが持ち帰ったマスターテープは現在ビートルズの版権管理会社であるアップル・コア社が厳重に管理している。もはや歴史遺産なのだ。

だが、なぜ、ブライアンはこのマスターテープを持ち帰ったのだろう？　七月一日に未放送のほうは残している。観客の映ったほうだけを持ち帰っているのだ。

格別の意図があったのではないか。

喜多川は漠然とした仮説を立てた。

――たとえば、ブライアン・エプスタインが英国情報部と繋がっていたら？

ほとんど妄想に近いと言われても仕方がない。

――やはり、飛躍のし過ぎか？

そんな話は一度も出ていない。

ブライアン・エプスタインは翌年の一九六七年八月に急逝している。三十二歳だった。ビートルズのワールドツアーの終焉が、そのままブライアンの人生の終わりとなったわけだ。死因はアスピリンの過剰摂取が原因だが、事故死か自殺かは、いまもって判然としていない。

――あの日、日本武道館で、闇取引があって、ブライアンはそれを見ていたのではないか？

喜多川はその妄想からなかなか抜け出せずにいた。演出家だった自分の悪い癖だ。

「おはようございます」

眠そうな顔をした笹川玲奈が一番にやってきた。

「すまないね、せっかくの土曜日を」

「いいえ。どうせ任務でした。例の偽造鑑定書を使って、今夜、ホストの伊達雄星と一緒に爆買いツアーのガイドに密輸ダイヤを売りつけることになっていますから」

「そいつはいい。鑑定書が偽物だと発覚したら、内部崩壊するのは彼らのほうになる」

「間違いないです。一般の中国人は、由来のはっきりしないダイヤを掴まされたと大騒ぎするでしょうね」

「発覚はいつごろさせる？」

「一月（ひとつき）後ぐらいがいいでしょう。その間に、出来るだけ、多くの人間に売ります。一般客以外にも、香港機関と繋がっている北朝鮮やシリアにも流れるように、捌（さば）きます。とにかく、香港機関が大恥をかけばよいのですから」

「ＯＫ。その任務は続行だが、中断していい」

「はい？」

「月曜日にマニラに飛んでくれ」

「私が、ですか……」

「そう」

「ひょっとして、あの件ですね……ビートルズ」

玲奈が、やれやれと肩を竦めた。自分が言わんとすることをすぐに理解してくれる子だ。

「その通りだよ。ユー、ホストの工作員には、マニラにいい客を見つけたとでも言ってくれ」

玲奈は、なにかピンとくるものがあったようだ。無言で頷いた。なにもかも承知しているに違いない。ありがたい部下だ。

「六本木のホストクラブへの工作として、偽造鑑定書をすでに渡してしまっていますが、この追跡は誰かに引き継いでもらえますか」

「その件は私が引き受ける。偽造鑑定書とは、密売ルートに名札を貼ったようなものだ。

流れ方で、香港機関の潜伏先が見えてくる」

喜多川のシナリオとしては、あえてダイヤは拡売されたほうがありがたい。

「わかりました。店内にあるダイヤは少量です。大半は店のオーナーが所有するクルーザーに積まれているものと思われます」

すぐに主要メンバーたちが、入室してきた。

藤倉克己。四十三歳。元消防士だ。浅草の鳶の孫で、身体能力に優れている。突入には欠かせない男だ。浅草っ子だ。

喜多川麻衣。二十九歳。元英国諜報部員。喜多川の孫娘にして、津川雪彦の娘だ。喜多川の娘で女優の北川洋子は、津川と恋愛関係にあったが、結婚はしなかった。ややこしい仲だ。

浅田美穂。二十五歳。元警視庁交通課のミニパトガールだ。都内の地理に詳しいのと、運転技術がレーサー並みに優れている。

樋口敏行。四十歳。厚労省経由で採用された元医師。ＦＩＡでは医療技官として化学ラボを担当している。薬品開発や秘密兵器をつくるプロフェッショナルで、映画「００７」のＱに憧れている。

他に陸上自衛隊で戦車に乗っていた江田武雄と航空自衛隊の元パイロット唐沢正治が

入って来る。

六名の部下たちは、通称チームJと呼ばれている。ジョニー喜多川のJだ。

喜多川は緊急に事案の説明をした。二時間前に津川から得た情報だ。

「警視庁も神奈川県警もまだ発表していないが、十一月十三日の午後十時頃、五反田のタイガースタジオの前で、女性が攫われた。二日後の十五日の午後四時過ぎ、同じ会社の女上司が鎌倉の鶴岡八幡宮前でやはり拉致された」

彼女たちが勤務している日東フィルムズの会社概要を資料としてまわした。津川がふたりの身元まで割っていた。つまり公安も突き止めているということだ。

「それ、私が偶然、目撃した件ですね」

玲奈が言った。

「そうだと思う。あのときは、ぼくらが動く事案ではないと思ったので、笹川君には、放置するように伝えたが……」

とそこで喜多川はジョニーのブルーラベルボトルを取った。グラスに注ぐ。飲まないと、滑舌が悪い。八十三歳はそんな年齢だ。

「彼女たちは、ドキュメンタリーの制作会社の社員で、実は五十一年前のビートルズの東京公演を映した映像を入手していたんだ。ただし内容はよくわからない」

「私、鎌倉で拉致された女性が放り投げてきたスマホを覗いたので知っていました。偶然ですが……」

玲奈がそのときの状況を全員に説明した。

電車の中で、カモにしていたホストが寝ている間に、見たのだという。

どうやらそれで、その夜喜多川に電話で、ビートルズ東京公演について、尋ねてきたのである。喜多川がビートルズ公演のことを思い出したきっかけが、その電話だった。

「先ほど、警視庁の津川警部補から連絡があってね……」

と、喜多川は孫の麻衣のほうを向いた。格別反応はしない。いまはファミリーとしてではなく、ＦＩＡのメンバーとして聞いているということだろう。

「そのテープに重大な犯罪が隠されている可能性があることがわかった」

「だから私にＶＴＲの出所だったマニラに行ってこいと」

「そういうことだ」

「でも五十年以上も前のＶＴＲに犯罪の証拠が？」

元消防士の藤倉が訊いてきた。

喜多川に証拠を得られる確信があるわけではなかった。そこは津川も同じことを言っていた。何が映っているのか現時点ではわからないのだ。

「いまに繋がっていると思うんだ」

「拉致事案なので、ぼくらとしても工作ではなく、捜査になるんですよね」

藤倉が念を押してくる。

「そういうことだ。現時点では、拉致監禁容疑だけなので、本来は警察の領域だ。だがね、津川警部補によると、どうもこの案件、警察庁の幹部が握り潰そうとしているらしいんだ」

一堂が静まり返った。

警察が握り潰そうとする事案はたいがい二種類だと、全員知っている。

ひとつが政界絡み。もうひとつは警察内部が絡んでいるということだ。

「それは、面白い」

藤倉が笑った。消防庁と警察庁は兄弟のような関係だが、常に仲がいいわけではない。ときには出し抜きたいときもある。

美穂は興味がある目をしていた。

「五十一年前のVTR、何が映っていたんでしょうね」

「ユーと藤倉君には彼女たちが勤めていた日東フィルムズを洗って欲しい」

「はい」

「了解」

ふたりは返事をした。

「麻衣は一九六六年当時の英国諜報部の東京における状況を探ってくれ」

「わかりました。フェルジナンドさんが生きていた時代ですね。知っている人はいっぱいいると思います」

「他のメンバーはまだ後方支援だ。一歩前進したら、それぞれやってもらうことがある」

樋口、江田、唐沢が頷いた。

「まず私がマニラで、VTRの内容を摑んできます」

玲奈が片眉を吊り上げた。

「それだけじゃないんだ。この持ち主を捜してきてほしい」

喜多川は津川から返却されたパンティをテーブルの上に置いた。

「最低な文字が並んでいますね」

玲奈がそれを拾い上げ、顔の前で広げて、全員に見せた。

幅広パンツに、ルージュでCLITORIS。全員、押し黙ったまま見つめていた。

2

十一月二十日。月曜日。

フィリピン時間午後三時。

玲奈はニノイ・アキノ国際空港に到着した。寒風吹き荒れる東京から真夏のマニラに移動したせいか、身体が暑さと湿気に眩暈を覚えた。

玲奈は東京で着ていたダッフルコートをスーツケースの上に載せて歩き、タクシーを拾った。マニラ米地区のソレア・リゾート・アンド・カジノに向かう。

中村晶子がジョセフと待ち合わせようとしていたホテルだ。

青空が広がる南国の景色を眺めながら、局長である喜多川の人懐こい顔を思い浮かべた。あの上司の魂胆はミエミエだ。

――これは要するに、私に囮になれということなのだ。

喜多川から与えられたミッションは三点だ。
一、音楽番組制作会社「エ・スターシャ」のジョセフ・ロハスに接触して、VTRを再度ダビングすること。

二、五十一年前の撮影者フェルジナンド・カルロスの遺族を紹介してもらい、事情を聞く。
三、ルビーというパンティの持ち主を捜すこと。
以上だ。

玲奈は目の前で拉致された中村晶子という女性のスマホを一時的に手にしたときに、彼女がマニラのジョセフ・ロハスという人物とメールのやり取りをしていたのを読んでいたのだ。

それでこのホテルを記憶している。

暇潰しに一発返事を打ち返していたのだが、いまにして思えば、あれは止めておけばよかった。

【OMANKO】

と返していた。

翔が眠ってしまったので、退屈しのぎに打ち返してみただけだ。

自分のスマホではないことをいいことに、ストレス発散としてやったのだ。

発信履歴はすぐに消した。

だからあの夜、スマホを引き取った岡本が履歴を点検しても、わからないはずだが、もしも警察に届けられて、鑑識にでも回されたら、復元されてしまうだろう。玲奈の仕業だと、すぐばれる。さぞかし欲求不満な女だと思われることだろう。

——いやだわぁ。

受け取ったジョセフもさぞかし憤慨したはずだ。

ＯＭＡＮＫＯは、いまや世界中に知れ渡っている名称だ。フィリピン人でも、いきなりこの単語だけで送られたら、むっ、とする。ＯＭＡＮＫＯはまずかった。

ただ、人間というのは、ときとしてそんなことをしてみたくなるのだ。匿名の人間になったときは特にそうだ。

ＯＭＡＮＫＯとかＣＨＩＮＫＯとかやたらと打ちたくなる時がある。

ひょっとしたらＣＬＩＴＯＲＩＳもその程度の気持ちで書かれたものではないのだろうか。ルビーはビートルズを見ていて、アソコがムズムズしてしまったのではないか。

などと考えている間に、ソレア・リゾート・アンド・カジノに到着した。空港からは十五分ほどだった。追跡されている気配はなかった。

スカイタワー棟の部屋に入り、一息入れたところで、ホテルの電話を使用して、制作会社「エ・スターシャ」に電話を入れて、ジョセフと話したいと依頼した。

若い女性の声でジョセフは不在だと言われた。秘書のようだった。玲奈は中村晶子の代理人だと名乗り、連絡が欲しいとホテル名と名前を伝言した。あえてスマホの番号を教えなかった。

　五分後、部屋の電話が鳴った。

「ジョセフだ」

　本人かどうかは不明だが、そう名乗る男が出た。

「先週いただいたＶＴＲが奪われました。もう一度コピーが欲しいです」

「何に関するＶＴＲだね」

　テストされていると思った。

「ビートルズ東京公演のテープです」

「そんなものはネットにいくらでも転がっているだろう」

　ジョセフはそう言ってきた。出発前に喜多川が予測していた通りだった。その場合の答え方も教わってきた。ここが肝だった。

「フェルジナンド・カルロスが撮影した客席シーンの映像です」

「……」

　受話器の向こう側からジョセフの吐息だけが聞こえた。五秒ほど沈黙が続いた。とても長い時間に感じられた。

「いったい、あのテープには何が映っているのかね？　私には意味がわからなかった。なのに、晶子の代理人がコピーを買い取りにきた直後に、うちの会社にマフィアがやってきた。チャイナマフィアだ。マスターを渡せという。私が拒否すると、その日のうちにオフィスが襲撃された」

「VTRは？」

「持って逃げた。もともと貴重な音源が入っていると知っていた。七月一日に日本でオンエアーされた以外、一切世に出ていない音源だ。私は音楽番組の制作プロとして、なんとしても守る必要性を感じたから、持って逃げたのさ」

「いまは、どちらに？」

「それは言えない。めんどうなことに巻き込まれたくない。うちはあくまでも音楽番組の制作会社だ。ニットーのように事件物を追っているわけじゃない」

「二万ドル分のチップでどうでしょう。米ドルです」

玲奈は取引方法を伝えた。カジノのチップを利用するのだ。日本円で二百万。日常品の物価比較ではフィリピンでの価値は三倍ほどになる。

「……」

ジョセフはふたたび沈黙した。

「何度かに分けて両替してください」

具体的に言った。人を動かすのは欲だ。金、色、名声のどれかで動く。

「夜の八時ぐらいが一番混んでいる。そのときルーレットの前で会おう。業務用のＶＴＲでしかないが、いいかね。うっかり紛失しても、一般人には無用の長物でなければならない」

「了解しました。レナと呼んで、友人のように、近づいてきてください。背中が大きく割れた黒いワンピースを着てカジノに行きます」

「わかった。私はバロンタガログを着ていく」

「それ、どんな服ですか？」

「白の透けたシャツだ。ベトナムのアオザイのようなものだと思えばいい。フィリピンでは正装だ」

「わかりました」

電話を切り、スーツケースから課報員用タブレット（エージェントモード）を取り出し、喜多川に報告書を送った。ジョセフと接触することと、二百万円使うことを、暗号化できるタブレットから送信した。

午後八時。

カジノに行き、クレジットカードで二万米ドル分のチップを購入し、ルーレットへと向かった。クレジットカードは霞が関商事の法人カードだ。

　カジノは観光客でごった返していた。

　女ひとりで歩いているせいか、何度もナンパされた。悪い気はしなかったが、娼婦(しょうふ)に睨(にら)まれたので、五人ほどの娼婦に、それぞれ百ドルチップを渡して謝罪した。みんな急に愛想がよくなった。いざとなれば、味方が必要だ。

　数台あるうちの一番混んでいるルーレット台へ席を取る。とりあえず張る。十ドルチップを五か所に張った。適当な番号に置く。十一月二十日なので、十一番と二十番、それに十番、一番、二番に張った。十一番にずどんときた。三十六倍だ。五十ドルの支出が三百六十ドルになる。

　勝っている場合ではないが、嬉しい。

　そのまま五回ほど張って待った。そこからがゼロ勝五敗。二百五十ドルがすぐに消えた。さし引き百十ドルのプラス。あと二回、五十ドルずつ張って負ければ、原点に戻ってしまう。ちぇっ。

「レナ。絶好調だね」

　肩に手が置かれた。玲奈は前を向いたまま、その手の上に、自分の手のひらを重ねた。

「ジョセフ。あなたの代わりにやっていたのよ。私はもう部屋に戻りたい。ここは続けて」

玲奈は席を開けた。代わりにジョセフが座った。中年の瘦せた男だった。薄い頭髪。チップは二万と百十ドル分置かれている。玲奈は百十ドル分だけ取った。自分の裁量で得たチップだ。

「部屋に、これを持って行ってくれ。君が言っていた靴だ。マビニストリートで買ってきた」

包みをくれた。きれいに包装されていた。リボンまでかかっている。

「あら、ありがとう」

言って玲奈はルーレット台に背を向けた。ゆっくりエレベーターに向かって歩く。露出した背中に、じっとりした視線を感じた。さりげなく振り向く。アロハを着た男と視線が合った。ひとりのようだった。彫りの深いフィリピン人の顔ではなかった。日本人と同じ系統の顔。冷たい視線だった。

——ジョセフに尾行がついていたんだわ。

ちょうど目の前に、さっき出合ったばかりの娼婦が手持ち無沙汰に立っていた。

「ねぇ、私が走り出したら、後ろからくるアロハの男にタックルしてくれない。彼、しつこいストーカーなのよ」

百ドルチップの他にさらに米ドル紙幣で千ドルほど握らせた。娼婦の目の色が変わった。十日分ほどの収入のはずだ。

「大丈夫。ここから先は行かせない」

娼婦が仲間三人を呼び寄せた。

玲奈は、一気にエレベーターに向かって走った。案の定アロハの男も、床を蹴ったようだった。

「うわぁああ」

男の悲鳴が聞こえた。走りながら振り向くと娼婦三人が、床に倒れた男にしがみついていた。ラグビーでボールを持った選手を潰（つぶ）すような感じになっていた。娼婦三人はともにスリップワンピやマイクロミニといったような格好だったので、パンティが丸見えになっていた。三人とも見事なヒップなのにやけに小さなパンティを穿（は）いている。お尻の割れ目に布が食い込んでおり、生尻がほとんど見えている。

場内は騒然となっていた。遠くにチップを手に、両替所に向かうジョセフの姿が映っていた。

——うまく逃げて欲しい。

エレベーターホールに辿(たど)り着くと、目の前で扉が閉じた。振り返ると別な男が、近づいてくるのが見えた。三人ほどいる。いずれもガードマンの制服を着た屈強な男たちだ。だがこの男たちの顔も平板であった。彫りの深いフィリピン人の顔ではない。

玲奈はハイヒールを脱いで、裸足でエントランスに向かって駆けた。

3

日本時間午後九時三十分。

日東フィルムズの社長田川昭知は赤坂のバー「スパイダー」で、エッセイストの井上健(いのうえけん)と飲んでいた。

いつもはカウンターで飲む仲だったが、今夜は奥のソファに陣取った。

月曜のせいか、客は少ない。ソファ席にはほかに誰もいなかった。

気になるのはカウンターにいる見かけない男女だ。会社帰りのサラリーマンと後輩ＯＬといった風情だが、男のほうの眼光がやけに鋭く感じるのだ。

自分たちが入店する以前からそこに座っていたので、尾行者とは考えられないが、部下の消息が不明な現在、不審者には気を付けねばならない。

井上はK大学文学部の同級生であった。ビートルズ研究会でも一緒だった仲だ。

その井上がバーボンを飲みながら、ぽつりと言った。

「驚きだね。よりによって日東の部下が探り当てたなんて」

「灯台下暗しとはこのことだよ。部下のPCをすべて復元してようやくわかった。ダークウェブで、あの事件に出合っていたんだ。大きな間違いをしたと……」

もちろんそのスレッド自体はすでに消えている。ただし、中村晶子のメールのやり取りで大方はわかった。

「それを流したのはあの女しかいないだろう」

「そうだな。赤坂のナイトクラブにいたフィリピン女のルビーだ。諜報員だとは知らなかった。アリーナにカメラマンがいたのには驚いたな。俺たちも映っていた可能性がある」

「それはそうだが、客席で、封筒とボストンバッグを交換しただけだ。何も証拠はない。女を攫ったのは中国人たちだ」

井上は楽天家だ。あのとき得た金で、世界中を飛びまわり、適当に書いた文章で有名になってしまった。

まだ日本人が海外の事情をさほど知らない時代に「いまニューヨークでは」とか「パリの裏町情報」などをレポートして、喝采を浴びたのだ。一九六八年頃の話だ。

外国に行ける金があって、多少の文章が書ければ誰でも注目される時代だった。七十六になったいまも、井上は「ローマのパスタはこの店が旨い」だとか「英国の老人を見習おう」などという緩いネタを書いては、それなりの稿料を得ている。

田川は野心家だった。あのとき得た金で、日東フィルムズを立ちあげ、ドキュメンタリー番組の名門会社に育て上げたのだ。

「問題は、うちの女子社員が消えたということだ。それも拉致された可能性があるということだ」

「拉致は考え過ぎじゃないか？　ふたりが組んで他社に寝返ったということだってあるだろう」

井上は面倒くさいことが大嫌いな男だ。都合のいい考え方しかしない。しかし、いまの話には一理ある。ふたりが組んで、どこかに寝返る？

部下の性格を知る田川としては、納得できる話ではなかった。

「いや、拉致の線は消せない。二十一世紀になったいまでもあの取引がばれたら困る奴らがいるんだよ」

「そりゃ、中国情報局だろう。五十一年前に大枚叩いて手に入れた土地の権利書が真っ赤な偽物だったなんて、知られたら世間に笑われるだけだ」

本当にこの男は、楽天家だ。

「そうじゃないよ、井上。五十一年前に、俺たちから権利書を買ったことそのものが問題なんだ。買ったということは、そもそも自分たちのものではないと、認めたことになる。あの取引の存在は中国が日本人の所有物を買おうとした証拠になってしまうんだよ」

カウンターでガタリと椅子が動く音がした。田川はドキリとして視線を送ると、女のほうがスマホを弄っていた。ゲームに夢中になっている様子だった。やばいっ、を連呼している。

気にする必要はなさそうだ。視線をまた井上に戻した。

「そういうことか……だが、そんな事実はありませんと、シラを切るだけでいいじゃないか。日本人が勝手に言っているだけだ、と」

「権利書だけだったらな。ただし映像はまずいだろう。あの日、日本武道館で、彼らは、俺たちの取引を盗み聞きしていたフィリピン人女性を拉致したんだ。彼女はアリーナ席に何か伝えようとしていた。その瞬間に男ふたりに連行された。いま思い出しても、ゾッとするシーンだ」

「まぁな」

井上もあのとき、目撃していたのだ。ビートルズが演奏していた曲ははっきり覚えている。「ペーパーバック・ライター」だ。イントロで書類袋とボストンバッグを交換して、彼らが立ち上がろうとした瞬間に、背後にいた女が、先に通路に飛び出して、白いハンカチのようなものを取り出して、何事かメモしていた。

中国人が喚(わめ)いた。田川たちも知っている女だった。赤坂のナイトクラブ「ヘブン・クォーター」にいたホステスだ。

田川が、あのナイトクラブで、台湾人と名乗るデイブ松岡(まつおか)とエディ半田(はんだ)に、土地売買の話を持ち掛けた一部始終を聞いていたホステスだった。

後になって、デイブとエディは中共のスパイだったと知った。ルビーはルビーで、イギリス大使館に勤める書記官の愛人だった。

売った相手もやばければ、盗み聞きされた女もやばかった。ルビーが付き合っていた男は、日本の闇社会に拳銃の横流しをしていたのだ。

赤坂の「ヘブン・クォーター」で実行役だったのがルビーだったとは、彼女が消えるまで、まったく気が付かなかった。

「デイブもエディも台湾の土地ブローカーだって言っていたからなぁ」

井上がぼやいた。

ほんのジョーク。

〈ナイトクラブで知り合った台湾人をどこまで騙せるか〉

井上とゲーム感覚ではじめたことだった。

それが当時の金で一億円に化けた。一九六六年の一億円だ。サラリーマンの初任給ベースで価値を比較すると、現在の六億円に匹敵する。

だが、騙した相手は、中共のスパイで、話を聞いた相手は日本のヤクザとも繋がっている女なのだ。

生命の危険を感じて当然だった。

井上が海外を転々とし出したことは、そこに起因してもいる。

田川は逆に、報道のプロになることによって、迫って来る危険を事前に察知しようと決めたわけだ。

ところが、どうしたわけか、以後、田川たちはまったく危害を加えられることなく、今日まで、平穏無事に暮らしている。

——それも、いまにして思えば、妙と言えば妙であるのだが。

別のなんらかの力が、働いたとしか思えない。

などと思いを巡らせていたら、いきなりカウンターから女が叫ぶ声が聞こえた。田川は心臓が張り裂けるかと思った。

「うわぁ。マニラが大変なことになっているって」

「浅田っ。でかい声を出すんじゃない」

男のほうが顔を顰め、田川たちのほうに向いて、すみませんと言って頭を下げた。支払いをしてすぐに出ていった。

4

フィリピン時間。午後八時四十分。

玲奈はソレア・リゾート・アンド・カジノの二階駐車場で、三人の男を相手に格闘を演じていた。裸足である。

まずいことに、逃げまわっているうちに、腕時計を壁にぶつけて、発煙筒を上げてしまった。発煙筒とは、局長とチームJの仲間たちに、緊急救助を求める信号であった。

さぞかし、東京はあわてているだろうが、取り消しボタンを押している暇もなかった。

なにせ、男三人に囲まれて、いまにも殴り倒されそうなのだ。

「その箱を渡せっ」

濃紺制服を着たガードマンのひとりが、伸縮棒を振り上げてきた。しゅっ。玲奈の胸元を掠める。ぎりぎり躱した。バストのてっぺんの辺りで、風が舞う。

背後から別な男の両手が伸びて来る。今度はバストを鷲摑みされた。

VTRの入った箱を抱えたまま、背中を丸めて、男を乗せた。その体勢で尻を跳ね上げる。

「ぐぇっ」

コンクリートの床に男が頭から落ちた。額が割れたようだ。床に血糊が広がった。動けないようだ。これでひとり仕留めた。

残ったふたりが身構えた。玲奈から見て、一時と十一時の方向に分かれて、間合いを計っている。どちらも伸縮棒を突き出しながら、尻のポケットをまさぐっている。

ナイフか拳銃が出てくるに違いない。

玲奈はVTRの入った箱を小脇に抱えたまま、片手でワンピースの裾を摘まみ上げた。

我ながらむっちりとして魅力的な太腿が現れた。

黒の荒めの網柄ストッキングに包まれている。

左右の男たちの視線が一瞬、太腿に注がれた。

こんな状況でも、やっぱり男は所詮スケベな生き物だ。女のアソコが見えそうになると、抗えない生き物のようだ。視線はワンピースの裾の奥へと注がれている。

「私、パンティ、穿いてないよ……アソコ、見る？」

言って、さっとワンピースの裾を太腿の付け根まで引き上げた。

パンティは本当に穿いていない。陰毛は小判形に刈りこんである。

男の視線が陰毛とその下のカーブに釘付けになった。お互い立ったままなので、陰毛はばっちりでもアソコははっきり見えていないはずだ。

パンティは穿いていないが、真っ赤なガーターベルトは付けていた。左右にそれぞれの太腿に巻いてある。

太腿の裏側、尻のカーブの下側に注射器を隠してある。左右両方にだ。正面にいる男ふたりには見えない。

玲奈はもともとK大学病院の看護師だ。三年間、注射を打ちまくってきた。おかげで、静脈や筋肉の打ちどころを見つけるのは、超早くなった。

子供やお年寄りからは「あのお姉さんの注射は痛くない」と絶賛されたものだ。

その腕前を、マニラでも見せてやる。

男ふたりの視線が、見えるか見えないかぎりぎりになっている女の割れ目に、注がれている短い時間に、注射器を取り出し、右手に隠した。左の小脇にはＶＴＲの入った箱を挟んだままなので、動きは制限される。瞬時にふたりに、針打ちを決めなければならない。

――ええい、見やがれっ。

玲奈は右脚を高く蹴り上げた。相手に届く距離ではない。

ぬちゃ、と股間の粘膜襞が開いた。股を上げれば、アソコが開くのは道理だ。

男ふたりの目が「おっ」と声を上げたように見えた。

いまだっ。

玲奈は一時の方向にいる男に突進した。男があわてて尻ポケットから拳銃を出そうとしている間に、腕に注射針を打ち込んだ。制服の上からでも針は通った。感触として確実に静脈に刺さっている。プッシュする。

「ううっ」

男はたちまち両膝を突いた。もっとも速効性の高い全身麻酔薬チオペンタールだから、早い。二時間は寝るだろう。

「おまえ、工作員だな」

十一時の方向の男が拳銃を抜いた。QSZ-92。中国でもっともポピュラーな拳銃だ。相手は中国人だ。

太腿に銃口を向けられた。

玲奈はいきなりVTRの入った箱を男の顔面に向かって投げつけた。VTRより命だ。

リボンのかかった小箱は軽そうに見える。男はそのまま突っ込んで来た。

「わっ」

男は文字通り、面食らった。業務用ＶＴＲというのは実に重量があるのだ。男は玲奈の膂力を見誤っていたのだ。

男は鼻を押さえて、床に片膝を突いた。頭を振っている。

玲奈はそのまま、右足の踵を思い切り宙にあげた。股間が丸見えになった。粘膜がぐにゃぐにゃ蠢いている様子が男にはよく見えていることだろう。

──その記憶、消してあげる。

素足の踵を男の頭頂部に向けて降ろした。

「あうぅうううう」

断末魔のような声が、駐車場内に鳴り響いた。玲奈はゆっくりＶＴＲの入った小箱を拾い上げた。ワンピースの裾を直す。

そのとき猛然と黒の大型メルセデスが駐車場内に滑り込んで来た。タイヤを軋ませ、白煙を上げて向かってくる。古いタイプのセダン車だ。

後部シートのスモークガラスが下がり拳銃を握った腕が現れた。

──ヤバイ。まるでロールゲームだ。

銃口から火が噴いた。

玲奈は咄嗟にコンクリートの上に這い、回転しながら、駐車中の車の隙間に身を隠した。発砲が続く。

メルセデスが急停車して、北京語が飛び交った。FIAの語学特訓カリキュラムのおかげで、英語は上達したが、北京語はまだ理解できない。

数人の男たちが飛び出してきているようだ。倒れているふたりを罵りながら回収し、さらに玲奈を探しまわっている様子だ。

玲奈は息を詰め、車両の底を転がりながら逃げた。

彼等から相当離れたところで、フォードのステーションワゴンの背後に身を隠しながら立ち上がった。二百メートルぐらい離れていたが、出口とは真逆だった。

最悪なことが起こった。立ち上がったとたんに、目の前のフォードが発進した。男たちの視線がこちらを向く。

すぐに、ふたりの男が玲奈に向かって走り寄って来る。背が高い男と、太った男だった。このくそ暑いマニラで、男たちは黒の背広をきちんと着込んでいた。サングラスまでかけている。帽子を被ればブルースブラザースだ。

射程距離に入ればすぐに撃ち込んでくるだろう。

　玲奈はフォードに向かって叫んだ。

「あぁあっ、セックスしたいっ」

　フォードが急ブレーキをかけた。玲奈はすぐにサイドシート側のドアをあけて飛び乗った。

「ハロー」

　ドライバーはなんと女性だった。浅黒い肌に彫りの深い顔。フィリピーナっぽい。三十歳ぐらい。

「私、リンダ。今夜はうちで、やりまくる？」

　微笑みかけられた。よりによって女だ……。

「私はレナ。頑張りたいと思います」

　他に選ぶ道はなかった。玲奈はワンピースを捲って見せた。リンダが喉を鳴らして、アクセルを踏んだ。猛スピードで、出口に向かう。向かってくる中国人ふたりに対しても、クラクションを鳴らしまくり、まったくブレーキングしなかった。

　中国人の男たちのほうが気圧されて、左右に飛び退いた。

「レナのクリットを、早く舐めたい」

　リンダの鼻息が荒くなっている。ちょっと怖いぐらいだ。

マニラ湾沿いの海岸道路を、猛スピードで走り抜け、都心のエルミタという地区に着いた。リンダの住まいはリサール公園に面した、中層アパートだった。

こぎれいな2LDK。ひとり暮らし風だ。この国では富裕層に入るだろう。

お互いシャワールームで身体を絡めながらシャボンを擦り合い、まず親交を深めた。リンダはフィリピン人にしては大柄である。バストもヒップも欧米系を思わせる巨大さだ。

体の大きさに比べて、性戯は繊細だった。

玲奈は、やたらと大きなベッドに仰向けに寝かされ、大きく脚を割り広げられた。

「ああんっ」

女の泥濘を舐められまくった。しつこく、呆れるほど長時間、吸われ、舐められ、舌腹で押しつぶされた。

「あぁ、レナのクリクリは小さくて素敵ね……悔しいから、もっと大きくしちゃう」

リンダはとにかく舐め魔だった。まるで玲奈が男の棹を舐めるときのような勢いで、舐めしゃぶってくる。チュウチュウと吸ったまま、突端を舌先で、下から上へと舐めあげてくる。死にそうなほど気持ちいい。

「あぁぁ」

玲奈は腰をヒクつかせながら、喘いだ。リンダがバンザイをするような格好で、乳首も摘まんでくる。この三点セットがやたら気持ちいい。

男とは、明らかに違うのだ。どんなにきつく乳首を摘まみ、肉芽を吸っても、どこかソフトな感触なのだ。

なんども昇かされた。

何しにマニラに来たのか、わからなくなりそうだ。

後半は玲奈の顔に上に、リンダの巨大なヒップが置かれた。後ろ向きだ。他の女の割れ目を、これほど、まぢかで見たことはない。

男はここが見たくてしょうがないのだ。女としては、見たい、見たくない、半々だ。

「開いて舐めて」

リンダが尻を押しつけてきた。口より先に鼻がくっついた。発酵チーズの香り。これも男の好物なのだろう。

指を這わせて、花を開いてあげた。中は、くしゃくしゃだった。得体の知れない深海生物に見える。おまんこは、ある意味グロテスクで、ホラーだ。

玲奈は目を瞑って舐めた。見ながら舐められるものではない。

半ば、やけくそになって、舌を動かした。べろべろ、舐め尽くす。うううっ。

「レナ、凄い。あぁああ」

リンダが一際甲高い声を上げ、前のめりに倒れた。やったわ。

ようやく一勝した気分だ。女同士の舐め合いは、果てしない。完全に双方がグロッキーになるまで、やるのだ。

朝までやった。なんとなくの感覚だが、六勝九敗といった感じだ。レズのデビュー戦で六勝は大きいと思う。

十一月二十一日。フィリピン時間午前十一時。玲奈は起きた。

リサール公園を見下ろす窓辺のテーブルでコーヒーをいただいた。リンダが淹れてくれたものだ。

「ユーはなにしにマニラに？」

東京のテレビ番組の逆を突かれた。

「ビジネス。私は貿易会社の社員。リンダはなにか仕事しているの？」

「私はテレビ局よ。観光ガイド番組専門のＣＳ局。これでもエンジニア。ＶＥね。仕事は夕方からが多いのよ」

平日のこんな時間に、まだ家にいる理由がわかった。

エンジニアと聞いて、玲奈はふと思った。

「放送用ＶＴＲの信号変換って、あなたの局では出来る？」

「あぁ、PALからNTSCへの変換ね。私の局にはないけど、業者は知っているわ」

リンダの説明によると、フィリピンはもともとアメリカの植民地だったから北米圏仕様のNTSC。シンガポールはイギリス領だった影響でPAL。基本反米シフトだった中国もPALを採用した。他にフランス方式のSECAM（セカム）があるが、旧フランス領や旧ソ連諸国に多いという。

放送という事業には、その国の体制の色がくっきり付着しているのだ。日本、韓国、台湾はNTSCだ。

午後零時。マカティ地区にあるスタジオで、ジョセフから受け取ったVTRをNTSCに変換してもらった。

スタジオで約一時間。一九六六年七月一日の午後二時から三時までの日本武道館の客席が映っていた。服はここに来る前に、ショッピングセンターで購入した。ホワイトジーンズに花柄アロハ。ノーブラ、ノーパンで着た。

玲奈は一緒に映像を眺めていたリンダに訊いた。

「このパンティを投げているフィリピーナを捜し出したいんだけど……」

「わかった。報道機関にも政府機関にもレズビアン仲間はたくさんいるよ。そのネットワークは凄いのよ。捜してあげる」

そういってリンダは、玲奈のバストに手を伸ばしてきた。むにゅむにゅと揉まれる。

──仕方がない。

その場で玲奈は、股を大きく開いた。ジーンズの股間が窪んだ。

第五章　イエスタデイ

1

　十一月二十一日。火曜日。午後零時。

　藤倉と美穂は赤坂見附（あかさかみつけ）の交差点にあるホテルの五階レストランに入った。このホテルでは五階がロビー階になっている。

　午前中から尾行していた音楽評論家の鳥塚邦彦が、毎朝テレビのスタッフを伴い、このレストランに入ったのだ。午前中は局内で、日本音楽大賞の最終選考会があった模様である。その間も藤倉と美穂はずっと局のエントランスロビーにあるティールームから、出入りを見張っていた。

　レストランはランチタイムとあって店内は込み合っていた。

テレビ局員はふたりとも四十代半ばに見える。

どちらも値の張りそうなスーツを着ていた。

日本音楽大賞は主催こそ芸能記者評論家クラブだが、毎朝テレビがその授賞式の模様を毎年全国中継しているのだ。

これが鳥塚の権力を大きなものにしている。

テレビ中継がなければ、受賞を巡って裏金が乱れ飛ぶこともない。

日本音楽大賞は現在でも国営放送が中継する大晦日歌合戦と並ぶ、日本の芸能界の総決算的番組である。視聴率もそこそこ取っている。

歌手にとっては、受賞以上に、この夜テレビに出演することに意味があるそうだ。

その審査委員長を二十年にわたり務めているのが鳥塚邦彦だった。

そしてその鳥塚が芸能界のドンであるファイアープロの黒川英雄の傀儡(かいらい)であるということは、業界関係者には知れ渡った事実だ。

藤倉に、ひとつだけわからないことがある。テレビ局の立ち位置だ。

大晦日歌合戦のほうは、国営放送がみずから出場歌手を決めている。

その出場選定基準を巡ってさまざまな批判もあるが、責任は局側が持っている。世間の批判を浴びて、更迭(こうてつ)になったプロデューサーも過去には数名いるのだ。

つまり局が、出演枠の全責任を負っていることになる。

一方、毎朝テレビの日本音楽大賞の場合は、中継権を保有するという傍観者的な立場だ。賞の決定権はあくまで芸能記者評論家クラブに委ねられている。

放送局として、選定に関与はしていない。

ここが鳥塚やファイアープロが、権力を振るう温床となっているのは明白だ。

三人の席に立派な懐石弁当が運ばれようとしていた。

藤倉が目配せすると、目の前の美穂がスッと立ち上がった。右の手のひらが握られている。拳の中には小型の高感度マイクが入っているのだ。マグネット付きである。

美穂がさりげなく鳥塚たちのテーブルに近づく。ウエイターがテーブルに弁当箱を並べている隙に、美穂はテーブルの下にマイクを張り付けた。

遠回りして、戻ってきた。

「三千五百円の永田町御膳だったわ……」

椅子に座り直した美穂が口を尖らせた。

「千五百円のパスタランチでも予算オーバーだ」

言いながら藤倉は、マイクの音を拾うためのイヤモニターを片耳に付けた。美穂も同時にセットする。ＦＩＡの張り込み時飲食費は細かく決められている。ランチは七百円までだ。農水省の省内食堂ならこれで充分だが、ホテルなどではきつい。不足分は自腹と決まっている。美穂の超過分は藤倉が先輩として奢るのが常だ。

——スパイも楽じゃねぇ。

ほどなくして、パスタランチが運ばれてきた。

メインは藤倉がミートソースパスタで、美穂はペペロンチーノ。ほかにグリーンサラダとフランスパン一切れ、コーヒーか紅茶がついている。千五百円は高い。取り戻す方法は、お代わり無料のコーヒーを最低三杯、飲むしかない。

——せこいか、俺？

などと非公然公務員の境遇を憂いながら耳を澄ました。毎朝テレビの人間の声が聞こえてきた。

【今年も黒川さんの影が見えないようにお願いします】

もうひとりが付け加えた。

【去年の一億円領収書事件は痛かった。二年続けてそんなことが起これば、中継の打ち切りにもつながりかねない】

一昨年、大賞を受賞したダンスグループがファイアープロに一億円のプロモート費を支払っていたことが発覚した。

　週刊「新秋(しんしゅう)」のスクープである。そのため、昨年は下馬評とはまったく異なる実力派女性シンガーソングライターが大賞に輝いた。

下馬評と異なったことが「公明正大な選出」の評価を得た。日本音楽大賞とは、そういう音楽賞である。

　鳥塚の声が紛(まぎ)れ込んできた。

【中継の打ち切りなんてことがあっては困る。そんなことになったら、芸能界のシステムが破たんすることになってしまう】

　最初の男が答えた。

【ですから、今年も大賞は、今日の審査会で決まったMでは困るんです。Mがファイアーの衛星プロダクションに所属していることは、いまや視聴者でも知っています】

【そうはいってもさ、会長からそれでまとめるように言われているんだ】

　鳥塚が苦しげな声を上げた。

【Mは最優秀歌唱賞という線で落ち着かせることは出来ませんかね？　大賞だけは視聴者が納得する歌手にして欲しい】

　テレビ局側が説得している様子だ。

【M抜きで、もう一度投票し直せというのかね……】

【可能ならば、そうしていただきたい。もちろん私たちは選考に口を挟む立場にありません。ただしあまりにも露骨な選考だと、局としても中継を放棄せざるを得なくなります】

ひとりがきっぱりとした言い方をした。

それとなく彼らのテーブルに視線を向けると、鳥塚は苦渋に満ちた顔になっていた。

【キミたちはきれいごとを言っていればいいが、黒川会長の影響力が薄れたら、芸能界の秩序は崩壊する。それがそのままキミたちにも振りかかってくる問題だということがわからんのかね？】

鳥塚が呻くように言った。

【私たちは、あくまでもテレビ局の人間です。芸能番組に携わっていますが、芸能界の一員だとは思っていません】

【愚かだ……そんなことを言っていると、キミら自身に危害が及ぶぞ】

鳥塚がふたりを睨みつけている。音楽評論家の目ではなかった。極道のような眼力だ。

【先生、恫喝なんて、やめてくださいよ。昭和の芸能界じゃないんですから】

毎朝テレビという看板のある男たちはさほど怯まなかった。

もうひとりがさらりと話題を変えた。

【そろそろJファミリーズのアイドルの参加がないと、世間が納得しませんよ。先生のほ

うから黒川会長にそのあたりの提言もしていただきたい】

【バカな。暗黙の了解事項として棲み分けされている問題をなぜ、シャッフルしたがる】

鳥塚は声を荒らげた。

【それは芸能界の論理です。現状のほうがファイアーを中心とする利権システムが崩れなくてよいとお考えの方が多いようですがテレビ局は、それでは持ちません】

毎朝テレビの局員も声を張り上げた。しばらく沈黙が続く。

【まぁ、いい。黒川会長と相談してみる。俺ももう八十歳だ。引退も含めて、相談してくる。それまで、大賞受賞者の件は、いったん白紙に戻すということでいい】

鳥塚が折れたようであった。

【ご理解、ありがとうございます。それでは、私たちは、これで……】

局員ふたりが頭を下げていた。ひとりが伝票を掴み、立ち上がる。

【ご馳走になる。私は、ここで、次の約束があるので、このまま、居残らせていただく】

鳥塚が言った。ナプキンで口を拭きながら、不機嫌そうに局員ふたりを見上げていた。

【承知しました。ではお先に】

ふたりが出ていった。

藤倉と美穂は、ここで、いったんイヤモニターを外した。

お互いパスタを食べることに集中する。盗聴しながらの食事は、食べた気がしない。美穂も同様のようだった。

ひとり残って新聞を眺めながら、鳥塚がコーヒーを飲んでいるのをいいことに、藤倉と美穂は向かいあったまま、黙々とパスタを口に入れた。

「ふう、次は誰が来るんだろう」

藤倉は楊枝を取った。

「藤倉主任、食べるのが早すぎます。食事はゆっくりとらないと、身体によくありません」

美穂はまだ半分も食べ終えていなかった。

「すまない。消防士はいつ緊急出動があってもいいように、勤務中は早く食う習慣がついているんだ。それより玲奈が無事逃げ切れてよかった」

美穂がフォークを持つ手をピクリと震わせた。

「ほんとですよ。夕べはびっくり。いきなりマニラからＨＥＬＰとか煙をあげられても、どうしようもないですからね」

チームＪでは、腕時計につけられている緊急ボタンを押しさえすれば、他のメンバーのスマホの画面にいきなりモクモクと煙が上がり、ＨＥＬＰという文字と発信したメンバーの名前と位置が出る仕組みになっている。

　昨夜、日東フィルムズの田川昭知を赤坂のバーで張っていたところで、いきなりマニラから発煙筒が届いたので、肝を潰した。

　田川と連れの男が相当重要な会話をしていたところだったので、本当に焦った。

　張り込みを中断し、美穂と六本木の米軍ヘリコプターポートに向かったところで、取り消しのメールが入った。日本時間の午後九時五十分だった。

　六本木の米軍ヘリポートに向かったのは、ＣＩＡと業務提携しているからだ。六本木からヘリで座間に飛んで、そこから偽装貨物機でマニラに運んでもらう。喜多川の計算で、約四時間後にマニラに到着できるということだった。

　もちろん、フィリピンには現在米軍基地はない。だが、かつて駐留していた経験上、ＣＩＡは幾つもの、緊急着陸場を確保しているのだ。

　現地の報道機関を利用しているケースが多い。

　その手を使わずに済んだおかげで、いまここで、次のターゲットである鳥塚を張ることが出来ている。

「やはり、単独出張っていうのはよくないな。江田か唐沢を同行させるべきだった」

　藤倉は主任として、そう提案するべきであったと悔やんでいた。

今朝、ジョニーから玲奈の状況が伝えられた。中国人に襲撃されたが、民間人の家に逃げ込んだのだそうだ。これで闘っている相手が、中国の組織だと判明した。

「鳥塚の次の客がやって来たみたいよ」

美穂が視線を鳥塚の席に向けていた。藤倉もさりげなく首を傾げる。

女性客だった。それも若い。黒のビジネススーツに身を包んでいた。藤倉と美穂はすぐにイヤモニを付けた。

女は紅茶を頼んでいた。鳥塚がすぐに切り出した。

【小森先生にすぐ取り次いでもらえないか】

【どうなさいました?】

女は片眉を吊り上げた。

【小森先生の御父上と五十一年前に取り決めたことが、瓦解しそうだと。そう伝えていただきたい】

鳥塚の声は、震えていた。女が考え込み、しばらくして、スマホを手に取った。タップしている。メールを打っているようだ。

しばらく画面を見ている。スマホが震えた。返信があったようだ。女が読み込んでいる。

【今夜十時なら、お会いできるそうです。黒川会長からの資金は間違いないですね、とのことです】

【夕方会うことになっている。来週には現金を用意するということだ】

【わかりました。小森からすぐ戻るように言われましたので、これで失礼します。相変わらず人使いが荒いんです。どんどん秘書が辞めているので、私もいつまで持つかわかりません】

女は慌しく立ち去った。残された鳥塚は唇を噛んでいる。

藤倉はイヤモニを外した。

「小森先生って誰だ？」

美穂に訊いた。

「ひょっとしたら、衆議院議員の小森由里子先生かと思います」

意外にも美穂が即座に返してきた。

このホテルは赤坂見附駅の真向かいにあるが、確かに議員会館にも近い。赤坂見附駅は永田町駅とも接続している。マスコミや芸能関係者に混じって、衆議院や参議院の紙袋を携えた政界関係者らしき人間が多くテーブルについている。それにしても……。

「なぜ、そう閃いた？」

美穂に質した。

「あの秘書に見覚えがあるんです。私が警視庁にいた頃よく陳情に来ていたと思います。陳情と言っても、駐車違反のもみ消しとかそんなんです。私、交通課にいたので、よく覚えています。せっかくレッカーしたのに、実績ゼロにされちゃうんですから、交通課の女性警官からは疎まれていましたね」

「ほう……」

「小森由里子の秘書か……」

藤倉はすぐにスマホで検索した。小森由里子はすぐにヒットした。

【小森由里子。一九七二年生まれ。四十五歳。T大学法学部卒。衆議院議員（東京×区、比例単独。当選四回）。民自党所属。石坂派。父親は元衆議院議員小森守弘（二〇〇六年死去）。父親を継いで警察庁から政界へ転出……】

そんな内容だった。

藤倉はすぐに父親小森守弘を検索した。年齢が知りたかった。

【……一九三九年－二〇〇六年。享年六十七】

死亡時は六十七歳だが、もしまだ生きていれば七十八歳。鳥塚や黒川と同世代である。

そして小森守弘が初当選したのは一九七〇年。三十一歳の時だ。鳥塚が学芸部に異動し、黒川が台頭してくる時期と重なる。

——繋がるか？

藤倉は興味を抱いた。

「あの秘書の名前はわかるか？」

「いま探します」

美穂がメールを打っている。警視庁交通課時代のミニパト仲間に打診しているようだ。

「私の記憶に間違いなく、小森由里子先生の秘書だとしたら、彼女は今野陽子さんです」

藤倉はその名前を、頭の中に叩き込んだ。

「俺は小森由里子の身辺を探る。美穂は鳥塚に接近しろ。局長には俺から連絡を入れておく」

藤倉は立ち上がった。美穂はそのまま残った。紅茶をお代わりするという。鳥塚はまだ動く気配はない。腕を組んでなにやら考え込んでいるようだった。

2

午後四時。

ジョニー喜多川は帝国ホテルの自室のベッドの上で微睡(まどろ)んでいた。

——なんか、眠い。

八十三歳になると、惰眠(だみん)する体力がなくなってきた。一日中眠いのだが、さりとて長時間眠れない。

それでジョニーウォーカーを飲んでは居眠りをする。いつの間にかそれが健康法となっていた。

昨夜は九時半ごろに、マニラから緊急救助の連絡が入ったため、肝を冷やした。

さまざまなアシストをしてもらうために、マクレーンのCIAの幹部であり友人のトム・クルーゾーに電話で頼み込んだ。

おかげで、その問題はあっさり片付いたのだが、トムに「他に手助けすることはないか」と訊かれたので、CLITORISについて思い当たる節はないかと、訊いてみた。

CIAの情報分析のプロをもってしても、意味不明のようだった。

それ以上にトムは電話口で何度もCLITORISと口にしていたので、秘書のアンに頭を叩かれたらしい。

結果実りのない長電話で、終わった。

今朝から午後にかけて、情報が一気に集まりだした。

あまり一気に集まっても、八十三歳の頭では消化しきれないので、自室に籠っていったん眠ることにした。

——いっときの睡眠が晴れた頭を作る。

ジョニーは整理を始めた。

まず昨夜の藤倉と美穂の盗聴報告によると、日東フィルムズの田川昭知とエッセイストの井上健が、武道館で中国人を罠に嵌めたのは明白だ。

報告された会話から想像出来るのは偽の土地権利書を売却したということだ。方法は不明だが、いわゆる地面師事件だ。

わからないのは、売った土地がどこであるかだ。

今日の午後二時になって、玲奈からVTRの信号が現地で変換出来て視認したという連絡があった。さらに玲奈はスタジオでプレビューされた映像を、直撮りしたものを送ってきた。直撮りとは、再生画面をダイレクトにスマホやタブレットで撮影してしまうことだ。光の反射やらで、多少見づらいが、それでも充分内容は確認できた。

ジョニーの心臓は張り裂けそうだった。

それは紛れもなくあの日、ジョニーの背後にいたフィリピン人通訳のフェルジナンド・カルロスが撮影したものだったのだ。

記憶と同じ十曲目の「ペーパーバック・ライター」で、スタンドからパンティを投げるルビーが映っていた。

五十一年前にジョニーが受け取ったパンティを投げた女だ。そして、通路を降りてきたふたり組の男がルビーの腕を取り、連れ去った。

ジョニーは肉眼で見た当時、マナー違反で強制退去をさせられた女と見ていた。

ところが、再度見た印象は違っていた。

男たちは客席から降りてきたのだ。

そしてその横に、若者がふたり座っている。昨夜の会話から、この若者ふたりをもしやと思い、ネットで確認した。

似ていた。

ひとりは日東フィルムズの社長田川昭知。これは日東フィルムズのホームページに掲載されている顔写真を参照した。

もうひとりはエッセイストの井上健。著書が多いプチ有名人なので、ネットに顔写真がいくつもあった。

ただし、VTRの顔とは、いずれも四十年以上の時差のある資料なので確証はまだない。しかし、心証としては、ほぼほぼ裏が取れたようなものだ。

玲奈が引き続き、ルビーの追跡をしている。生存さえしていれば、発見の可能性はゼロではない。

　鳥塚が映っていれば……。

　ジョニーは芸能事務所の経営者として、鳥塚邦彦の顔だけは見知っていた。ファイアー陣営とは相反する立場を取っていたので、Ｊファミリーズのタレントは、鳥塚の取材は拒否していた。彼が新聞社にいた頃からだ。

　その問題はさておき、顔の知っている人間ならば、五十一年前の顔でも見分けることが出来る。これは自信があった。

　ジョニーはオーディションで、十歳の子供の顔を見て、その子が六十歳になる顔を想像出来るのだ。

　それがアイドルを生み出すもっとも重要な才能だと信じている。

　――もう一度捜すか。

　ジョニーはのろのろとベッドから降りた。晴れた頭と目でもう一度検証する必要がある。

　洗面所に行き、歯を磨き、顔を洗って、テレビの前のカウチに腰掛けた。

　先ほどはタブレットで検証した。今度はテレビモニターで映し出してみることにする。

れている。

工作班の樋口がホテルのAVシステムを老人でも操作できるように、セットアップしてくれている。

USBメモリーというスティックをパソコンの隅に挿し込んで、後は樋口が書いたイラスト付き説明書の番号順にスイッチを入れていけばいいのだ。①②③と順番にスイッチを入れると、画面がついて、あの映像が流れ出した。

まずステージの反対側スタンドが映った。前座が始まっていた。尾藤イサオと内田裕也が歌う「ウェルカム・ビートルズ」という、妙な歌だ。バックはジャッキー吉川とブルーコメッツにブルージーンズが加わるというダブルバンド体制だ。

その音をバックに客席が映っている。

正直、この歌と演奏はあまり聞きたくないのだが、客席の隅々まで確認したいのでやむを得ない。音は市販品でしかも小型内蔵マイクで収録されているので、とても悪い。

続けて「ロング・トール・サリー」の音が聴こえてくる。ビートルズの音ではない。ザ・ドリフターズだ。そののちに、土曜の夜の八時に大ブームを巻き起こすコミックバンドだ。

だが、この演奏もジョニーにとっては耳障りなだけだった。

このコミックバンドは見て楽しい。肉眼で見ていたステージでは、メンバーが何度もズッコケていたはずだが、音だけ聞くと、音が何度も途切れるので、よけいにいらいらするだけだ。前座はさらに続く。いまや知る人も少ない望月浩（もちづきひろし）が「君にしびれて」という曲を歌っている。当時は二枚目の中堅歌手だった。

客席はザワザワしているだけだ。ジョニーはひたすら、鳥塚を捜した。

カメラはゆっくり、武道館の客席を半円形に捉えている。ときおりズームインしたりしているのだ。

——これは人を捜しているのだ。

確かあの日、ジョニーはフィリピン人通訳が、プロモーターにステージ撮影を禁止されて、しぶしぶ客席を撮影している姿を目撃していた。

——だが……。

本当のところは、最初からルビーの位置を捜していたというわけだ。

この映像はフェルジナンドが諜報員だったことを如実に物語っていた。

彼はルビーを捜しつつも、武道館の警備体制を入念に盗んでいた。次の公演先は彼の母国フィリピンだ。日本の警備体制を参考にしようとしていたのかもしれない。

もっとも目的は、やはりルビーとの何らかの、コンタクトのためのはずだ。

いよいよビートルズの演奏が始まった。

チューニングの音が聴こえて、画面が真っ暗になる。客席がどよめいた。ふたたび灯りがついたときに、ジョン・レノンの声が響きわたる。

一曲目「ロックンロールミュージック」だ。いま聞いても鳥肌が立つシーンだ。

その灯りの付いた瞬間に、画面の上段に映る顔に気づいた。

鳥塚邦彦だ。二階スタンドの最上段の通路に立っていた。毎朝新聞の腕章をつけている。間違いない。

その横にハンチングを被った男が立っていた。私服刑事の目だ。公安か、マルボウか、区別がつかない。このふたつの課の刑事は目付きが似ているのだ。

ジョニーは鳥塚の立ち位置を頭に入れ、映像を送った。一気に十曲目の「ペーパーバック・ライター」まで飛ばす。

ルビーがスタンドの縁にやってきてパンティを投げるシーンだ。

同じ通路だ。かかっている広告看板が目印になった。もとよりジョニーは武道館で興行を打った経験が何度もある。

繋がってきた。

興奮を醒ますために、コーヒーのルームサービスを頼もうと電話を取った。

ホテル電話の横にスマホを置きっぱなしにしていたことに気づいた。注文後、取り上げると、藤倉からメールが入っていた。

【鳥塚と衆議院議員の小森由里子が繋がっている可能性があるので、浅田と手分けして追跡します。小森由里子は元警察官僚です】

同時に資料が記されていた。

【父親、小森守弘も元警察庁……】

ジョニーはもう一度映像を巻き戻した。あのハンチングの男は？

3

午後五時三十分。

浅田美穂は赤坂一ツ木（ひとつぎ）通りのカフェに座り、通りを見つめていた。もう三時間もこうしている。鳥塚の監視だ。どこかで接触するタイミングを見つけたい。

陽が沈んで一時間経つ。

早くも仕事を終えたらしいOLたちの集団が駅の方向へ去っていき、変わって、バーやキャバクラの店員が店のシャッターを上げ始めている。間もなく、OLではない女性たちが、出勤してくるのだろう。

ホテルのレストランから鳥塚を尾行してきた。あれから三十分ほどして、ようやくホテルのレストランを出たのだ。

駅に向かい葉山に戻るのだと、見当をつけていたが、鳥塚の向かった先は同じ赤坂にある雑居ビルだった。

袖看板のひとつを見上げて、美穂は納得した。

【(株)ファイアープロ】

六階にあった。

——大手プロダクションというわりには、地味なビルに入居している。

第一印象としてはそう思わざるを得なかった。

上場企業であるハリーズもモリプロもそれぞれ最新のインテリジェントビルに入っている。

かつて喜多川が率いていたJファミリーズは自社ビルはもちろん、巨大なリハーサルスタジオまで自前で所有している。

——衛星プロを数多く抱えて、ファイアーはヘッドオフィスの役目を果たしているので、大きなビルを構える必要がないんだわ。

鳥塚が出て来るのを待つ間に、手持ちのタブレットを駆使して、ファイアーと芸能界の情報を収集したところ、そういう結論に至った。

ファイアープロは八十年代までは、みずからタレントの発掘と育成を行っていたが、九十年代に入ると、方針を変えている。

才能あるアーティストやタレントを発掘してきた弱小プロに、資金を提供し、テレビ局の出演交渉の代行を始めたのだ。その代わり興行権をも支配する。

要するに発掘にかかる投資を止めて、芽が出てきた弱小プロを根こそぎ傘下に収めるやり方だ。ヤクザのヒエラルキーに似たものを構築しているといえよう。

午後六時になって、ビルのエントランスからようやく鳥塚が出てきた。

共に出てきた男がいる。黒川英雄だった。黒のオーバーコートを着てボルサリーノ風のハットを被っている。身体中から、暴力を背景にして生きている男特有の俠気が放たれている。背後から数人の男たちが付いてくる。まるでヤクザだ。

通りにすぐに車が横付けされた。黒のプレジデント。近頃は見かけなくなった車種だ。

――おっと。

美穂はカフェを飛びだした。鳥塚たちに気づかれない程度の距離を保ちタクシーを拾う。

お付きの男が扉を開いた。ふたりが乗り込む。プレジデントは赤坂サカスの方向へ進み、突き当たりを右折した。乃木坂方向である。

尾行をつづけた。

プレジデントは乃木坂の交差点で、外苑東通りへと上がる。東京ミッドタウン方向にわずかに進んだ地点で、プレジデントが停車した。

美穂もタクシーの運転手に停車を求めた。真後ろはまずいと思ったが、やむを得なかった。

後部扉から黒川だけが降りて来る。すぐ脇のビルから、数人の若者が飛び出してきて、黒川に頭を下げている。

「うぉっす」

「会長、どうもっ」

そんな声が聞こえた。黒川が男たちを一瞥した。ひとりが顔を上げる。

「急に、お見えになるというので、驚きました。帳簿が揃っています」

「おぉ、雄星。帳簿じゃねぇよ。クルーザーだ」

「はいっ。いつでも出航できるようにしてあります」

「そうじゃねぇ。船ごと始末してしまいたいんだ。海の上で燃やしちまってくれないか」

「えっ？」

男は驚いた顔をした。

「積み荷ごと処理だ……いいな。三日以内にやれ。まぁ中でじっくり相談しようや」

「……わかりました」

雄星という名の男は、蒼白になっていた。

美穂は袖看板を見あげた。

【ホスト・エメラルド】

玲奈が潜伏していた店だ。あの男は玲奈が目を付けていたホストに化けた工作員？

バリバリ繋がってきた。

「じゃあ、鳥ちゃん。お疲れさん。毎朝テレビのことは、俺に任せておけ」

黒川は後部座席に座ったままの鳥塚に向かって、不気味な笑いを見せた。プレジデントが走り出す。

美穂はどちらを追うべきか逡巡したが、鳥塚の追跡を選択した。

「前の車、追ってください」

美穂はドライバーに警察手帳を見せた。偽造品。元本物の警察官である自分が見ても、疑わないほど精密な偽手帳。

「わ、わかりました」

「捜査協力ありがとうございます。ここから起こることは内密にしてください」

もっともらしいことを伝えた。

プレジデントは六本木通りを渋谷に向かった。首都高に上がられると接触のチャンスが作りづらい。美穂はスマホを取った。麻布南警察署の交通課の友人に電話する。ミニパトガール時代の伝手で、いまでも都内各所轄に繋がりがある。

美穂は消防庁へ放火犯罪の共同捜査の名目で出向していることになっていた。

先週合コンで会った男だ。美穂に剣道場で一戦交えてみたいと、言ってきた男だ。一戦とはエッチのことだ。最近所轄では、剣道場、柔道場でやるのが流行っている。バレたら懲戒免職というスリルがたまらないという。

「……理由はなんでもいいの。いまから言うナンバーの車を停車させて欲しいの。黒のプレジデントよ……お願い、十分ぐらい足止めさせて。中にいる男と接触をはかりたいの。そうこっちのマルタイ。借りを作るんだからもちろん、剣道場での対戦はOKよ」

目の前を走るプレジデントのナンバーを伝えて切った。

「おぉ、俺いまパトロール中だから、すぐだ」

三十秒とかからずプレジデントの前に白バイが回り込んで来た。合コン野郎ではない。その仲間のようだ。路肩に寄せて、停車を命じる。高樹町の交差点手前だ。

プレジデントは停まった。真後ろにパトカーがぴたりと付いた。

「運転手さん、そこで止めて」

少し行き過ぎたところで、タクシーに止まってもらった。

「大捕り物ですね。あの車、何やったんすか？」

運転手が興奮気味に訊いてきた。

「たぶん、麻薬」

適当なことを言った。料金をきちんと支払って、降車する。

プレジデントの運転手は、外に出て、抗議していた。

「整備不良って、この車の、どこが改造しているっていうんだよっ」

「車高が低すぎるだろう」

パトカーから降りて、わざわざメジャーで測っているのは、麻布南署の合コン野郎だ。

その手できたか。速度違反には測定証拠がいるからだ。

「運転手さん、時間かかりますよ。重量とかも調べさせてもらいますから」

「バカいえっ。族車（ぞくしゃ）じゃないんだ。そんなのは言いがかりだろう」

運転手は金髪だが、きちんとスーツを着こんでいた。いかにも芸能界の男といういでたちだ。

「言いがかりって、何ですか。運転手さん、お酒飲んでいるんじゃないんですか。ちょっと、呼気測定させてもらえる？」

合コン野郎が金髪男にパトカーのほうへ移動するよう、促している。

「おいおい……これ一種の職質かよ」

金髪男は渋々、頷いた。へたに抵抗すると、より勘違いされると思っているのだろう。後部席の鳥塚に声をかけている。

鳥塚が出てきた。

「植田君、いいよ。俺はここからタクシーを拾って、渋谷から電車で帰る」

「いやぁ、先生、それじゃ、俺がオヤジに怒られる」

金髪男が舌打ちをしていた。鳥塚が交差点方向に歩いてくる。

美穂も走り寄った。

「鳥塚先生ですね。私、Ｆウエーブの浅田と申します」

近くに有名なＦＭ放送局の看板が見えたので、適当に言う。自分で言ってＦウエーブって、どんなウエーブだろうと可笑しくなる。エロティックな響きだ。

「あぁ、そうだが……」

鳥塚はひどく疲れた顔をしていたが、ラジオ局の社員とみて、ややぞんざいな口の利き方をした。音楽業界全体を牛耳っているつもりなのだろう。

「先生、どちらまでですか？」

「横浜に行くんだがね、タクシーで渋谷まで出る」

小森由里子との待ち合わせ場所は、横浜ということだ。

「あっ、それでは私がお送りいたします」

美穂は手を上げた。

「悪いね。そちらの局には、さほど縁がないんだが……」

有名なＦＭ局と勘違いしてくれているようだ。あの局はどちらかと言えば洋楽曲だ。素人目にも無縁に思える。アクション小説作家が純愛小説をかたるようなものだ。

「よろしければ、これをご縁に、当社の番組にも……」

曖昧に言って微笑んだ。あとは色気で勝負だ。タクシーが止まった。

「じゃあ、乗せてもらおうか」

鳥塚が乗り込んだ。

「首都高で用賀まで行って、環八から第三京浜で横浜まで行ってください」

運転手にいきなりそう伝えた。渋谷までの短い時間で、口説ける自信はない。

「えっ、いいのかね？」

「はい、私、元々横浜まで出かける予定だったんです。先生と一緒だとタクシーに乗る口実がつきます」

「そうかね。まぁ、音楽業界は持ちつ持たれつだ。浅田君、若いが、気が利くね」

鳥塚は好々爺（こうこうや）の顔になった。

「お褒（ほ）めいただき、こちらこそ嬉しいです」

タクシーが動き出した。一瞬振り向いて、リヤウインドウを覗くと、合コン野郎はまだプレジデントを取り調べていた。

メールが入った。鳥塚に気づかれないように鞄の中でスマホを覗く。

【いま、小森由里子が公用車で、衆議院会館を出た。尾行する。秘書が一緒だ】

指を小刻みに動かし、返信した。例文を使う。タップしたのは横浜という文字だけだ。

【こちら、★と同乗中。横浜へ】

★で通じる。

4

フィリピン時間午後四時三十分。

玲奈はリンダに誘われてマニラホテルの一室にいた。南国の夕陽が垂れこめているせいで、部屋全体がオレンジ色に染まっている。

「どうしても、見せなきゃダメ？」

ショッピングモールで買ったアロハとホワイトジーンズを脱いで、またまた真っ裸になって、ベッドの上にいた。

ベッドヘッドに背中を付けて、M字開脚をしていたが、両手で、女の秘部は隠していた。

「早く、その手をどかして、PINKのOMANKOを見せて」

リンダの鼻が手の甲にくっついている。もちろんリンダも裸だ。

「いや、だから、もうちょっと顔を離して」

「はっきり見たい。昨日より大きくなったかな？」

クリのことを言っているようだ。昨夜は約五時間にわたって、肉芽を吸われたり、しつこく舐めまわされたりしたが、そんな急に肥大化するものでもあるまい。

「本当にルビーを捜してくれているんでしょうね」

玲奈は股間を押さえながら、訊き直した。

「大丈夫。いまレズビアンネットワーク総動員しているところ。必ず捜し出す。下手に動くより、しばらく待っていたほうがいい。少なくても、生きているかどうかくらいのしらべはつくよ」

　確かにむやみに聞き込みをするよりも、信頼できるネットワークを使ったほうがいい。しかしそれを待つ間の過ごし方が問題だった。

レズろう、というのだ。

「早く、手をはずしてOMANKO、SHOW　ME」

リンダが股間に向かって言う。押さえた十指の隙間から、甘い息が吹きかかってくる。

気持ちいいというより、超恥ずかしい。

昨夜は発砲された直後で意識が高揚していたせいもあり、勢いでレズってしまったが、こうしてあらためて、さぁ、見せて、と言われても、そうそう簡単に股を開けるものではない。顔から火が出そうだ。

好きなタイプの男にだって、たぶん五回以上懇願されなければ、見せない。

――私は人並みな性欲は持っているが、人並みの羞恥心も持っている。

それ異性愛(ストレート)主義者だ。

「ねぇ、私、早くOMANKO見たいよ」

今度は上目遣いに言われた。憂いを秘めたような感じなのだ。拒否をし通すのも、悪い気がする。

──せつなくなるではないか。

玲奈は虚空に視線を泳がせながら、そっと手を外した。

「素敵……」

うっとりした目で見られた。

──お願い、マジにそんなにそこを見ないで。

恥ずかしすぎて、顔からではなく、女の孔から火が噴きそうだ。

「あぅ」

リンダの舌に見舞われる。肉芽をべろん、と舐められた。現実には火ではなく、とろ蜜が溢(あふ)れ出た。

続けざまに、じゅる、じゅる、じゅるんと舌を上下させられる。

「いやんっ」

尻の穴の方まで快感が押し寄せてきた。女の舌って、やばすぎる。

リンダの柔らかいマロンブラウンの髪の毛が、玲奈の左右の太腿をさらさらと撫でてくる。これも男にはない肌触りだ。

「あぁあん。うはぁ」

玲奈の股間が次第に溶けだしてきた。肉芽が刺激的とか、花びらがこそばゆいとか、穴が疼くとか、そういう細かいことが、すべて凌駕(りょうが)されて、楕円形の粘膜全体が、とろとろと溶解してしまいそうな気持ちよさだった。

——あぁ、絶対にこれに慣れちゃいけないんだわ……。

男とは別物の快感を受け入れまいと、すればするほど、身体は逆の方向へと反応していってしまう。

「いやっ、いやんっ」

玲奈は心のうちを見すかされまいと、必死に唇を噛んだ。

十分以上も、女の中心の隅々まで舐め尽くされ、汗みどろになったところで、リンダが体勢を変えてきた。

玲奈は仰向けにされ、その上にリンダが覆いかぶさってきた。バストとバストが重なり、双方が潰れた。

「おっぱい、ちょん、ちょん、しようね」

リンダが言う。

「なにそれ？」

「こうするの」

リンダの巨峰のような乳頭が玲奈のレーズンのような隆起に触れてくる。

「あぁあんっ」

女の乳頭同士が擦れ合った。左右同時に触れてくる。

「あひゃ、うぅうっ」

最初の三回ぐらいは、くすぐったい気持ちが先行した。だがその後は、自分のほうから胸をせり上げてしまうほどに、昂(たかま)った。

女の巨粒がこれほど気持ちがいいとは思わなかった。

「あふっ、うはっ、はふっ」

乳首同士の擦り合いに、ただただ上擦(うわず)った声を上げさせられ、気が付けば、股間が舐められていた時以上にべとべとに濡れていた。

「レナ……可愛い」

バスト同士をくっつけていたリンダが、唇を重ねてきた。ねっとりした感触。思えば自分の淫芽や花を吸っていた唇である。

不思議なことに、もはや拒否する気持ちはなかった。

舌を絡ませ合った。お互い細めた目で見つめ合いながら、唇を吸い、唾液を交換し合う。「ひっ」

身体をぴっちりくっつけられ、唇も塞がれた状態で、股間に指が伸びてきた。べとべとの花びらを弄られた。車のワイパーのような動きで、あやされる。

「はぁああう」

両太腿に電撃が走る。何の前触れもなく、秘孔に人差し指と中指を同時に滑りこまされた。クルン、クルンと回転させてくる。

「うぅううううう」

唇は塞(ふさ)がれたまま、もがいた。気持ちがよすぎて、呼吸困難に陥る。身をよじり、両手をばたつかせて、リンダを撥(は)ねのけようとした。それでもリンダは押さえ込んでくる。全体重をかけて玲奈を身動き出来ないようにして、秘孔の中を、フルスピードで掻きまわしてくる。

――いくっ、いくっ、いくっ。

腰が抜けそうになった。

玲奈は生死を掛けた猛獣が敵から逃れようとするかのように、腰を跳ね上げた。おまんこが押し上がる。

リンダはまるでその瞬間をまっていたかのごとく、親指で、クリトリスを潰してきた。

「うわぁあああああっ、んんんんっ」

押す指と跳ね上がるクリトリスの激しい衝突となった。一瞬、自分は死んだかと思った。快感の脳震盪というものははじめてだ。

「うはぁあ」

絶妙なタイミングでキスを解かれた。この間に何回極点を見たことであろう。玲奈はくたくたになった。

「レナ。CLITORISのことは、日本語でなんて言うの……わたしCLITORISと言うの恥ずかしいよ」

ひと息入れたところで、リンダに訊かれた。

さんざんOMANKOは連呼するくせに、クリは恥ずかしいんだ。

玲奈は考えた。さまざまな呼称があると思う。

だが、自分でその部分を口にしたことはあまりない。てっぺんとか、ソコとか、もうちょっと上のほうとか、そんな言い方をしてきた気がする。

玲奈は男がよく言うような呼称を伝えてみた。小声で言ってみた。

「オマメ……」

口にした自分が、とてつもなく恥ずかしくなった。

聞いたらリンダは耳元で、オマメ、オマメ、と連発しだすに違いない。

それはＯＭＡＮＫＯ以上に、いやらしいかもしれない。耳が羞恥で潰れてしまいそうだ。

「そうね……」

こういう場合、正確な日本語がいいと思った。隠語ではなく医学的呼称だ。

「陰核っていうよ」

「えっ？」

リンダが目をまるくして訊き直してきた。

「インカク」

もう一度言う。

意外にも、これなら玲奈自身が口にしても恥ずかしくなかった。オマメとか言われると、恥辱（ちじょく）で打ち震えるが、インカクはなぜか平気だ。

「インカクよ」

ゆっくり、正確に発音する。

「おぉ、インカク……レナのインカク、可愛いよ」

いきなりまたクリに手を伸ばしてきた。

「あぁあぁっ」

いったん、包皮の中に潜り込んで、狸寝入りをしていたクリが一気に尖る。

対抗手段として、玲奈もリンダの割れ目に指を伸ばした。大きいのですぐ位置がわかる。

「あぁあああ、私のインカクも、もっと擦って」

ならばと、人差し指と親指で巨豆を挟んで、ぎゅっと潰してやった。

「あぁあああぁ」

大柄なリンダが、激しく尻を揺すって、のたうち回った。面白いので、どんどん捏ねてやった。仕返しだ。

「あぁあああああっ。インカクいいっ、うわぁ、インカク諸島っ」

「はい？ いまなんて？」

刺激するのを一瞬止めて、リンダの顔を覗きこんだ。

「インカク諸島。日本の領土ね。フィリピン人はみんな、そう思っている。南沙諸島はフィリピンの領土……」

「それ尖閣諸島でしょう」

と教えた瞬間に、玲奈の頭にもやっとしたものが浮かんだ。

クリトリス、インカク、尖閣。

モヤモヤする。

すぐに喜多川にメールするべきかと思ったが、リンダもモヤモヤしている様子だ。

「レナ……インカクとインカクをくっつけてみない？」

じっと見つめられた。目が卑猥な輝きで満たされている。

同じ気持ちだった。

「それ……やってみたいね」

東京へのメールは後回しにした。

玲奈とリンダは脚を互いに交差させて、股座を押し付け合った。平べったい股同士が、ぴったり密着した。

「んんんっ」

リンダが接着面に指を這わせて双方の花を開いた。

「わっ」

より、べちゃ、とくっついた。同時にリンダの巨豆が当たる。

「ひゃふっ」

玲奈の小マメも硬直した。

ふたりでそのまま、腰を揺すって、猛烈に、クリと粘膜面を擦りあった。

　リンダのスマホに連絡が入ったのは、一時間後だった。ふたりともくたくたになって、意識が朦朧（もうろう）となっているときだった。

　リンダがだるそうに伝えてくれた。

「ルビー・バレンティーノ。生存している。七十七歳ね。マビニでクラブを経営している。成功者だよ」

「すぐに会いたい」

　そう答えたものの、腰が上がらなかった。

　女同士は奥が深すぎる。玲奈は二度とやるまいと、心に誓った。

第六章　ペーパーバック・ライター

1

午後七時。

日東フィルムズの田川昭知は自社のロケ専用車の後部シートに陣取り、乃木坂に向かっていた。カメラクルーを一組（ワン・チェーン）連れていた。ディレクター、カメラマン、ライトマン、ビデオエンジニアの四名だ。さすがに七十を超えた田川がいまさらカメラを担ぐわけにはいかない。指令を出すだけである。

取材の詳細は田川の胸の内にだけある。クルーは田川の指示通りに収録をするだけだ。

一時間前に、いきなり東西テレビから内偵取材の依頼があった。

乃木坂のホストクラブ「エメラルド」から出る店長を張り込めという。その男がダイヤモンドの密売に関わっているとのことだ。

『今夜、どこかから、荷を引き上げるはずなんです。その拠点を割り出して欲しいと思います。例によってほかの番組デスクに嗅ぎつけられたくないので、これ田川社長の手の内でやってもらえませんか』

連絡をしてきたのは、馴染みの報道デスクだった。夜のニュースワイド番組の担当デスクだ。同じ局の中でもスクープは奪い合いだ。こと朝のワイドショー班とは、局内で対立関係にあるほどだ。

自局のクルーを出動させれば、すぐに漏れることになる。ＯＢが五十年前に設立した日東フィルムズは、こうしたときに役立つ外注先となる。

このデスクはもともと音楽番組のディレクターだった。芸能界ルートでこの情報を得たという。

芸能界に大量の密売ダイヤが流れているという。

田川はなるほどと思った。

芸能人は見栄を張るのが仕事である。

いくら見た目はわからないと言っても人工ダイヤはつけづらい。目の肥えた財界人夫人などもパーティに招待されるからだ。

だが、本物でさえあれば、出自や鑑定書などは必要としないのも芸能人の特性であろう。彼らにとって、ダイヤは資産ではない。有名人である自分を演出してくれる宝飾品としての価値があれば、それでいいのだ。

『とにかく、今夜の比較的早い時間に、店長は動くはずだという確度の高いタレコミをうけています。芸能関係者からの内部告発ですから、間違いないと思います。社長、その時点からカメラを回しながら追跡してくれませんか。到着先がわかったら連絡をください。今夜はそこまでで結構です。深追いは禁物です』

そういう依頼だった。

中村晶子と沢田樹里が消息を絶ったことが気になっていたが、やはり警察に届けることには躊躇いがあった。

ふたりの家族に連絡し、失踪届などを出せば、彼女たちがしていた取材についても話さなくてはならなくなる。

警察は、社のパソコンのデータも復元するであろう。そうすれば中村晶子が調べていたことが何だったかが、明白になる。

自分がしたことは時効である。

だが、ジャーナリストとしての自分の信頼は失墜することだろう。それはすなわち日東フィルムズの破綻をも意味する。百名の社員を路頭に迷わすことになるのである。

もう少し待ちたい。失踪して今日で一週間だ。十日過ぎるまで待ちたい。

スモークガラスに映る自分の顔を眺めた。五十一年前の顔と重なる。二十五歳の時の顔だ。いまよりもはるかに痩せていて、長髪だった。

その顔に一九六六年の日本武道館の光景が鮮やかに蘇る。

ジョン・レノンは自分より一個上。生きていれば七十七歳になっているはずだ。ポール・マッカートニーは一個下、今年七十五だ。いまだに現役だ。

あの日取引が成立したおかげで、自分もいまだに現役の経営者でいられるというものだ。

あの取引だ。

ロケ車はすでに青山一丁目の交差点を右折し外苑東通りに入っていた。

目的地まで、あとわずかだが、田川の脳裏から一九六六年の出来事が離れなかった。

すべては、赤坂のナイトクラブで、就職浪人のままだった井上健が台湾人のバーテンダーに見栄を張ったことから始まったことだ。

＊

一九六六年、五月。赤坂のナイトクラブ「ヘブン・クォーター」。国際色溢れるクラブだ。巨大ステージがあり、連日連夜華やかなショーが繰り広げられている。

「俺は資産家の息子だから、働かなくてもこうして飲んでいられるのさ」

井上健がいきなりそう言い出したときに、田川は口から飲みかけのジントニックを噴き出した。おかげで買ったばかりのＶＡＮのブレザーの襟が濡れてしまったではないか。

なにが資産家の息子だ。新聞社と出版社の就職試験に二年連続で落ちて、もはや新卒の受験資格も失いつつある身でよく言うよと思った。

このクラブに出入りしているのも、田川が東西テレビに就職し、報道部の経費で飲めるからに過ぎない。

それでも入社二年目の若造だ。キー局の局員とはいえ使える経費は限られている。

こうしてクラブの一番奥にあるバーカウンターに腰を掛け、ワンショットで飲むのがせいぜいの身分である。

遥か遠くに見えるステージで、夜の十一時から始まるトップレスショーを見るのが楽しみで、ときどき来ていたのだが、こんな位置からでは、乳首がなんとなく見えるぐらいだった。それでも東西テレビの局員ということで、ぞんざいに扱われずに済んでいるのである。

ステージがよく見えるホステス付きのボックス席に座るなど、十年早いと、先輩たちから言われていたのだ。

しかし、赤坂の高級ナイトクラブで末席とはいえ飲める身分になった田川に井上は明らかに嫉妬していた。

頼むから連れて行ってくれ、というので、何度かここで飲んでいるのだが、かえって井上は自分が何者でもないことに引け目を感じ始めてしまったのだ。

「ヘブン・クォーター」にやってくる客たちは、芸能人、スポーツ選手、政財界人と大物揃いである。

ホステスは全員田川たちと同年代かそれより若い女たちだったが、いずれも自分たちよりも大人に見えた。

彼女たちは当然カウンターで金額を気にしながら飲んでいる若造になど洟(はな)もひっかけてくれなかった。

田川は分(わきま)を弁えていた。

先輩社員がこの店を紹介してくれたのは、将来の単独取材活動のために、大物たちに対する免疫を付けさせようとしてのことだと理解していた。

そして、いつかはあのボックス席に座ることになるだろうと、考えていた。

井上にそんな余裕がないのはわかっていた。少しでも自分を大きく見せたいオーラが背中から舞い上がっている。そんな感じだった。

井上は特に外国人ホステスに興味を持っていた。当時はなんでも洋物が流行っていた時代だ。大学時代からアメリカかぶれであった井上にとっては、英語を話すことはひとつのステータスだったと思う。

へたくそな英語で、井上は、資産家の息子だと嘯いたのである。

自称台湾人のバーテンダーは、井上よりもうまい英語で答えた。

「羨ましいですね。どのくらいあるんですか?」

そのわりにはちびちび飲むじゃないかという目だった。毎夜セレブを相手にしている男の目はごまかせるものではない。

「土地がある。すでに俺の名義になっている土地がある。売ってニューヨークとかロスで暮らしたいものだ。いま売却相手を捜している」

井上が答えた。相当酔っていた。もともと虚言癖のある男だが、酔うと空想と現実の区別がつかなくなる癖もあった。酔っている本人は、本当にその世界に嵌まってしまっているのだ。だから、聞いている田川ですら、ホント？　と思ってしまうこともある。

バーテンダーがにやりと笑って、シェーカーを振った。

井上と田川の前にカクテルを置いた。これがなんと呼ぶカクテルなのかも知らなかった。赤い酒だった。

「ぼくからの奢りです。土地が売れたら、たくさん飲みに来てください」

井上は自分が丁重に扱われたことが、嬉しかったらしい。次の週から、自分が支払いはするから、「ヘブン・クォーター」に行こうと言い出した。

飲み代をねん出するために、建設現場のアルバイトをしていたことは後に知った。とことん見栄っ張りな男なのだ。

二週続けてカウンターにつき、なんと井上はバーテンダーに「今夜は、俺の奢りだ」とのたまった。

バーテンダーにギムレットを勧めた。それしかカクテルの名前は知らないのだ。

レイモンド・チャンドラーの「長いお別れ」で出てくるセリフで知っていただけだ。

台湾人のバーテンダーはたいそう喜んだ。

「もう土地が売れたんですか」

と訊いてきた。

「実は島なんだ。島ひとつ持っている。沖縄の先にある東シナ海だ」

井上は口から出まかせを言っている。田川はこいつを置き去りにして帰ろうかと思った。

「それは凄い」

ギムレットを自分で作って飲んだバーテンダーはおおげさに井上を持ち上げた。客商売の上手いバーテンダーだった。

「だが、無人島だから売りようがない。つまり、持っていないのと同じなのさ」

井上がオチを付けた。なるほどうまいと田川は唸った。資産はあるが価値はない、というオチをつけたのだ。

今夜に関してはこいつのジョークは上質だったと思う。バイトまでしてやってきたのは、井上の意地だったに違いない。

ところがバーテンダーは予想外のことを言った。

「それ、買う人いると思います。私の母国の人間、欲しがると思いますよ」

この一言で井上は引くに引けなくなった。

「一億円なら、売るよ」

当時自分たちの感覚でもっとも大きな額だったと思う。

「来週、この店に呼びます。来てください。ボックス席、私が予約しておきます」

田川は井上の脇腹をつついた。井上が耳もとで囁いた。

「どうせ、ごめんというなら、一度ボックス席に着いてからにしようぜ……」

「しょうがねぇな。そのときはちゃんと謝罪しろよ」

「おう」

ということで、翌週にまた来ることにした。

「ヘブン・クォーター」で妙な約束をした二日後に、井上から電話があった。田川が局にいるときだ。井上が興奮した声で言う。

「おいっ。田川。ちょうどいい島があったぞ」

「なんだって?」

「北緯二十五度四十三分。東経百二十五度二十七分。このあたりに、細かい島がたくさんある。琉球政府の管轄になっているが、その昔、琉球の人が個人で持っていた形跡がある。だから琉球政府経由でアメリカが借り上げている形になっているんだ」

「おいおい……」

田川は忠告しようと思った。沖縄は戦後アメリカに占領されたままだ。たしかにその土地の所有権がどこにあるのかは現時点で不明だ。

「それは、月や火星の土地を売るようなもんだぞ」

「欲しい奴は買うさ。アラブの富豪に富士山を売ろうとした奴だっている」

それよりは現実的だと思った。

「とりあえず、調べてみる」

電話を切った後に、田川はさまざまな資料を検証した。結果は驚くべきことに個人所有者がいることが判明した。

東シナ海に浮かぶ無人島の中に個人所有の島があったのだ。ただし、現在は琉球政府経由で、アメリカが借り上げている。

——借り上げているのだ。

そして現在は日本の法制局による土地登記簿の管轄から外れている。確認のしようがない。

——意外とやれるかもしれない。

そんな悪魔の声が聞こえた。

田川は局の美術スタッフに依頼して精密な資料を偽造した。同期の飲み友達である。

まず井上家の家系図を作り、琉球がルーツであるように見せかけた。

さらに現在、本当に琉球政府に貸し出している人間から戦前に譲渡されたという、取得証明書なる文書を偽造した。

将来、沖縄が日本に返還されれば、あの島も井上家のものだという説をでっち上げたのである。

そうなれば、もはや売る気はないが、沖縄を占領されている現在、あの島は日本人にとっては無価値であるので、先物取引的に購入しないかと、持ちかけることにしたのだ。

井上もその案に大いに満足した。

田川としてはダメもとの交渉であり、どこまで自分たちのジョークが通じるかという遊び心を優先したいところもある。

詐欺だが、これは知的ゲームでもあった。

「ヘブン・クォーター」で台湾の実業家ふたりと打ち合わせをした。

はじめてボックス席に座ることになり、フィリピン人やタイ人のホステスが何人も付いたので井上は大はしゃぎであった。

交渉は田川が担当した。ここでも東西テレビの肩書は役立った。詐欺は舞台装置がすべてだというが、自分自身の勤め先がそのまま小道具になった。

三回ほど会って、台湾の実業家は、際どい取引であることを承知で、ＯＫを出した。

まさかの成立である。

一億円で決まりだ。

書類はすべて北京語で書かれたものが用意された。偽造の取得証明書とサインした譲渡書類を、指定する場所で金と交換する段取りとなった。

場所は日本武道館である。ビートルズの公演の最中、十曲目で交換するということになった。交換してしまったのである。

＊

スモークガラスに映る自分の顔が七十六歳に戻っていた。銀髪に皺顔だ。

あのときの資金で田川は日東フィルムズを立ち上げた。これほどまで、事業が成功するとは思ってもいなかった。

半年後、「ヘブン・クォーター」のバーテンダーと取引をした台湾人実業家が、実は中共の工作員であったことを、新聞記事で知った。

彼等は公安に逮捕される前に、国外逃亡した。面の割れたスパイが国交のない日本に二度と戻ってくることはないだろうと、週刊誌で評論家が解説していた。

田川たちが騙した相手は、国家の敵だったのである。取引場所にホテルなどではなくビートルズ公演を指定してきたのも頷ける。狂乱の中こそ目立たないと考えたのだろう。フィリピン人ホステスが当時で言う「西側のスパイ」だったとは考えもしなかった。一九六六年はまだそうした冷戦下にあったのだ。彼女はおそらく中共の工作員に連行されて生命を失ったものと思われる。

そして、田川はあの取引は永遠に闇に葬り去られると信じた。田川は日東フィルムズを報道のプロフェッショナル集団にすべく、まい進した。井上は海外放浪に旅だち、暇潰しに書きだしたエッセイがぼちぼち雑誌に掲載されるようになっていた。

ところが取引した三年後、予期しない事態が持ち上がった。台湾と中共があのあたりの諸島の領有権を主張し始めたのだ。アメリカの学者が石油埋蔵の可能性を指摘したことに因む。

誰も見向きもしていなかった東シナ海の諸島に注目が集まり始めてしまった。

田川は焦った。だがこのときは、まだ高を括っていた。所詮、あの諸島は日本の管轄外の島であり、騙した相手は国交のない中共の人間たちだ。

発覚のしようがない。

さらにときは進んだ。田川の日東フィルムズは成長していた。取引先は東西テレビだけではなく、海外の通信社にも配給をするほどまでになっていた。

ところが一九七二年五月。田川を震えあがらせる事態が起こった。

この年の五月、沖縄の施政権が日本に返還された。アメリカの文言では琉球諸島という表現だ。

やばい、あの島が戻って来る。

総理の佐藤栄作（さとうえいさく）が沖縄返還会見を行っている様子を見ながら、田川は背筋が凍る思いだった。なにやら、悪い予感がした。

悪い予感はその年の九月に的中した。佐藤栄作の後を受けて総理になった田中角栄（たなかかくえい）が、中華人民共和国と国交正常化を成し遂げたのだ。

軽いジョークが、領土問題に発展するなど、一九六六年当時は、ゆめゆめ思わなかった。

この時期を境に、田川は常にことが発覚することを恐れていたが、結果今日まで、何事も起こらずに、過ごしてきた。

よりによって、自分の会社の部下が掘り上げてきたとは、運命の皮肉である。

田川は引退を決意していた。

ただ、どうしても中村晶子と沢田樹里の行方は知りたかった。ことの推移を見届けたならば、引退する。南米にでも移住して、日本とは関わり合いを持たずに余生をおくりたいものだ。

「ボス、あのビルですね。ワゴン車にトランクをいくつも積み込んでいますよ」

ディレクターの男が言った。カメラはすでに回っている。

「よし、彼らがどこに行くか追跡だ」

おそらく大量のダイヤモンドを、あのトランクに詰めるはずだ。

2

フィリピン時間午後七時。(日本時間午後八時)。

マビニストリートのショークラブ「シーサイドバウンド」。

広いクラブだった。店内のあちこちに、ヤシの木が飾られている。BGMはタガログ語のラブソング。この店の開店は午後九時だ。まだ客はいない。

「恥ずかしいわねぇ。そのパンティ……たしかに、私のものよ」

目の前で七十七歳になったルビー・バレンティーノがはにかんだ。

映像ではモデルのような愛らしい顔をしていたルビーは白髪に胡桃(くるみ)のような顔になって

いたが、全体の印象はプリティなおばあちゃん、という感じだ。

玲奈とリンダにサンミゲールを勧めながら語り出した。

「お察しの通り、当時私は英国諜報部の接続員をしていたの。あくまでも接続員よ。自らが工作をしていたわけじゃない。ホステスをしながら盗み聞きをして、それをどこそこに伝える、という任務。あっ、あなた、勘違いしないでね。私、日本の情報は取っていないからね。集めていたのはアメリカ人将校の情報よ」

ルビーは細長い形の煙草を取り出した。

「米英は最大の同盟国なのに？」

玲奈はグラスに注がれたサンミゲールを一気に飲み干しながら訊いた。サンミゲールは少しぬるかった。

「日本におけるアメリカのアドバンテージが大きすぎて、イギリスは影響力の低下をおそれていたの。だから私たち第三国の人間をうまく使って、米軍関係者に接近させていたのね。もちろん、米軍関係者ばかりではないわ。あの頃の東京は各国の諜報員が入り乱れていたから、当然あの赤坂のヘブン・クォーターにはいろんな国の諜報員が来ていたし、同僚のホステスにも東側についていた女がたくさんいた。そんな時代だよ」

「台湾人が中共のスパイだって気が付いていたんですか？」

玲奈は訊いた。店の中央にあるステージに数人の女が入ってきた。ポールダンスのリハーサルを始めている。お尻の大きな子ばかりだ。ポールに絡んで身体をくねらせる姿がエロい。

「当たり前よ。バーテンの見習が、控室で毛沢東語録を読んでいるのを何度も見たからね。日本では別に禁じられていることではないけれど、台湾人は普通読まないよ。休みの日は日本のコミュニストと接触していたしね。それジェームズが突き止めていた」

「ジェームズって?」

「英国大使館にいた書記官。私の元カレね。英国情報部の男はみんなジェームズって名乗るのよ。本当の名前なんて知らないわ」

苗字はボンドかと突っ込みたくなったがやめた。本筋ではない。

「あの訊きにくいんですけど、ここにCLITORISと書かれていますが……」

玲奈はパンティの文字を指さした。

「あら、まだ気が付いていないの? 聞き間違いよ。当時はポピュラーじゃなかったのよ。センカクって。聞いても訳せなかったわね。インカクは辞書を引いたらあった。CLITORISだったよ。彼らは取引中ずっと『あの島』という表現を使っていたんだけれど、あの日やっとセンカク諸島という言葉を使ったのね。うるさかったしよく聞きとれなかったよ。それで私、下にいるフェルに伝えるために、急いでそう書いたのよ。なにも持っていなかった。周りで日本人の女はパンティ投げまくっていたから、私、急いでパンティ脱いで、口紅で書いた。インカクって書かれても、フェルがわからないと思ったから、英語に訳した。そしたら違う日本人に拾われた」

ルビー、穿(は)いていたパンティを使ったんだ。ジョニーさんは気が付いていない。

——温かくなかったのか？

それもどうでもいいことだ。もっと大事なことを訊こう。

「テープでは連行されたように見えますが、解放されたんですか？」

そこも謎だった。

「パンティ脱いでいて正解だったね。ふたりの中国人に抱えられて、日本武道館の階段を降りるとき、私自分でスカートめくったのよ。アソコ丸見え。すぐに警備員がたくさん走って来たよ。公然猥褻(わいせつ)罪っていうらしいね。日本の警察に捕まったほうがマシだとかんがえたのよ。逮捕されて、お説教されて、フィリピン大使館に引き渡された。そのまま、大使館の人に『恥さらし』と罵(ののし)られて、強制送還された。マニラに戻ったら、ジェームズの知人と名乗る人が現れて、大金をくれたよ。それで私、雑貨屋始めた。意外と儲かったので、ファッションブランド立ち上げたら、また当たった。いまは息子が継いでいる。この店は老後の暇潰しだね。私、女の子見ているのも好きだしね……」

ルビーはポールダンスの練習をしている女性に、もっと鉄柱に股を挟んで、腰を振りなさいとダメ出しをしていた。

「クリ、潰しちゃいなさいよっ」

——ルビーは両方なんだ。

「それから日本には行ってないね。これで私の武勇伝とサクセスストーリーは終わり。お隣で聞いているCIAさんも満足?」

ルビーがリンダのほうを向いた。

「なんですって?」

玲奈はリンダを見た。リンダはしゃらんとした顔で、サンミゲールの入ったグラスを口に運んでいる。

「レナ、気づかなさすぎだよ。ホテルの駐車場で偶然出会った女が、なんでも手伝ってくれるっておかしいでしょう……イアン・フレミングだってそんなこと書かないよ。私、CIAマニラのサポート要員」

「うわっ」

玲奈はのけ反った。

「レナ、さらに任務は続くのよ」

リンダが言う。

「えっ？」

「わが軍のヘリであなたを東シナ海へ運びます。あなたのボスも承知しています」

「な、なんですって？」

「人質救出に米艦船をつかいます」

「はぁ～」

話がでかすぎる。

「時間がないので行きましょうか」

リンダは立ち上がった。ルビーに礼を言う。

「残念ねぇ。あなたのインカク、べろべろしたかったのに……」

ルビーが咥(くわ)えたばこで言っている。細長い形の煙草だ。

「私も残念です。戻ったら、私もポールダンスのショーに使ってくれませんか」

「いいわよ。この店、結構中国人ツアー客来るからね」

「はい、フィリピンでは日米で協力しあいましょう」

――って、ルビーさんまだ現役なんじゃん。

3

日本時間午後七時三十分。

浅田美穂は横浜伊勢佐木町のラブホにいた。ベッドの上では、鳥塚邦彦が寝息を立てている。

タクシーに乗っていたときから、手で扱いてやった。飛ばしそうで、飛ばせない状況で、どうにかホテルに連れ込んだ。玲奈のように注射器を使えれば、わざわざ一発やらなくても寝かしつけることが出来ただろう。

さまざまな体位で十五分交わった。くたくたになるまで鳥塚の身体を動かした。老人でも、女の裸体を目の前にすると、日ごろは動かない骨や筋肉も可動するようだった。さすがに終わった後は熟睡してくれた。

美穂はシャワーを浴び、着衣すると同時に、鳥塚の鞄の中にあるものをすべてチェックした。

スマホもタブレットも持っていなかったが、ガラケーがあった。

メールの記録は残っていた。

やはりこの一週間小森由里子と頻繁にやり取りしていた。チェックする。

十一月十二日のことだ。沢田樹里が消える前日である。

【父上と私がやっていたことがバレそうだ。しばらく芸能界との取引は中止しよう】

由里子の返信があった。

【衆議院の解散が迫っているのよ。選挙資金が足りないわ。黒川さんに一、本ほど調達させて欲しいわ】

一本とは一億であろう。

【わかった。話してみる。だが、条件がある。証拠のVTRを強奪するが、捜査をしないように働きかけてくれ】

【人殺しとかはやめてくださいね。死体が上がったら、止められません】

【拉致ならどうです？　死体は絶対あげません。失踪です】

【それなら、どうにかなるわ。成人している人間の捜索依頼が出ても、犯罪に巻き込まれたという証拠が出ない限り、すぐに捜査ということには、ならないわ】

【わかりました。その線でやらせます】

【黒川さんがですか？】

【そうなります。VTRが出たら、すべてがアウトです。先生も一気に失脚してしまう】

【冗談じゃないわ。父親がやっていたことで、私が失脚するなんて、とんでもないわ】

【先生も、知っていて、選挙資金を得ていたんだから、しかたがありませんよ】

鳥塚と小森の父親は何をしていた？

メールの先を読んだ。レコード会社や芸能プロダクションからのメールが山のようにあった。日本音楽大賞に関する票の調整依頼だ。それらは飛ばす。

十一月十五日。深夜のメールで止めた。

小森のほうから入っていた。

【ねぇ、鳥塚さん、五反田と鎌倉で人が攫われたという目撃情報が入っているわよ。所轄レベルだから押さえられるけど、なぜか公安にも上がってきているの……】

【大丈夫だ。絶対証拠はあがらない。もちろん殺人なんか起こしていない。日本から消えればそれでいいだろう】

【わかりました。もしも公安に上がってきても押さえるから】

小森が警察の介入を阻止しているのは明らかだ。

十一月十七日。

また小森のほうから入っていた。

【ねぇ、警察以外の組織が動いているようなんですけど？】

鳥塚が返信している。

【まさか……極道が……】

【いや、公安が首を傾げているのよ。組対じゃないわ……別な筋よ】

――これって、私らのことかもしれない。

美穂はそれらのメールをすべてジョニーに転送した。ガラケーはとりあえず、床に落として踏みつぶした。

ジョニーからすぐに返事がある。

【任務ご苦労さま。僕にはほとんど全貌が見えたので、いま江田と唐沢も投入している。美穂はこれであがってＯＫ。鳥塚はそのまま放置でいい】

――やったぁ。

上がりだ。美穂はすぐに麻布南署の合コン野郎にメールを入れた。

【いまから、そっちの剣道場にいってもいい？】

返事をまたずにラブホを出た。任務明けの身体に夜風が気持ちいい。

午後七時四十分。

ジョニーからメールを受けた藤倉は山下公園前のホテルニューグランドのフロントから

小森由里子の秘書である今野陽子に電話を入れた。

永田町の衆議院会館を出た小森由里子はこのホテルにチェックインしていた。鳥塚とここで密談するはずだったのだろう。

「週刊『新秋』の藤倉と言います。小森先生の亡きお父様と芸能界の繋がりについてお伺いしたいことがございます。いえ、もっと言えば、中国諜報機関との繋がりですね」

ずばり揺さぶりをかけた。ジョニーが集めた情報から結論を出していた。

鳥塚邦彦は警視庁記者クラブ時代、日本武道館で若者ふたりが中共の工作員と闇取引をした現場を目撃したのだ。

だが、小森の父親守弘もそのとき一緒にいた。それがふたりの接点だ。

「あら、私のほうも、お話ししたいことがあります。私の部屋に来ますか?」

今野陽子が言った。反応がよすぎる。部屋に行ったら、逆にハニートラップを仕掛けられる可能性がある。

つまりこの秘書は、いまの質問ですべてを理解したのだ。

「他の場所ではどうですか?」

「わかりました。いま下に降ります。カラオケボックスとか、そういう誰もいないところで話したいのですが」

陽子が言う。怖いぐらいだ。

「わかりました。どこか別のホテルに一緒にチェックインしましょう。それなら、どちらも盗聴システムは入れてない、と理解し合えるでしょう」

「ご配慮ありがとうございます」

陽子が現れたので、好きなホテルを選ばせた。

「インターコンチネンタルはどうでしょう」

「意外とロマンティックなところを選択しましたね」

「意外ですか」

「はい。ロマンスとは無縁の現実主義者に見えます。政治家の秘書ですから、当然でしょうが」

「今日で、秘書は辞めます」

陽子の瞳には覚悟があった。藤倉は口を割ると踏んだ。

インターコンチネンタルホテルの部屋に入った。経費の都合上レギュラーツインだ。一発やるわけではない。口を割らせてジョニー情報に裏が取れればいいんだ。

コーヒーテーブルに腰を掛けて、向かい合った。藤倉はいきなり切り出した。

「五十一年前に小森先生のお父上である守弘氏が鳥塚と日本武道館にいる映像を入手しま

した。すぐ近くに当時の中国のスパイも映っています。なんらかの関係があったみたいですね」

最後の一言はジョニーから命じられた、ブラフだ。ただ情況証拠はもう揃っているようだった。

「その前に、私の話も聞いてください」

陽子が黒のジャケットポケットからＩＣレコーダーを取り出した。会話の内容を録音する気らしい。秘書らしい対策だ。藤倉はどうするべきか悩んだ。証拠は残したくない。喋らせた後に、セックスして、もつれこんでいる間に消すか……。諜報員にとってセックスは、格闘術のひとつであると、最近つくづく思っている。セックスで勝つということは、相手を屈服させられるということだ。

持ち込むための段取りを考えている間に、陽子がレコーダーのスイッチを入れた。いきなり小森由里子の声が聞こえてくる。録音ではなく再生であった。

「スケベ――、このスケベ女ぁ。おまえみたいな使えない秘書がいるから、私の仕事が増えて身動きが取れなくなるんだ。おまえ、選挙カーの中でもオナニーばかりしているだろう」

「先生、私、そんなことしていません」

と、陽子の声が入った。

「嘘つくなぁ〜、エロ女のくせに。ちゃんと前向いて運転しろよ。片手でアソコ弄っているんじゃないの？　ああいやだ。だいたいね、あなた私より目立ってどういうこと？　あぁ、そう。あんた、いつか選挙に出るつもりなんだ。それで私の後援会のおっさんたちに、色目を使っているんだ。ふざけないで」

ドスン、バスンという音が入る。

「あっ、先生、運転中は殴らないでください。いま高速ですから」

「うるさいっ。もっと飛ばせぇ〜」

「国会議員がスピード違反で捕まったら、イメージダウンです」

「いっぱしの口を利かないでよ。どこの署の交通課だって、どうにでもなるんだから。私もと警察官僚よ」

そこで陽子がスイッチを切った。

「一時間前の録音です」

「……」

藤倉としては返す言葉もなかった。

「これ、週刊『新秋』さんで、使ってもらえますか……」

「はい……いただいてよろしいんですか」

おもわぬ拾い物である。マスコミを動かす際のバーターに使える。

「もちろんです」

陽子は頷きジャケットを脱いだ。なんで脱ぐ？

「小森の言う通りなんです。私エロいんです。後援会のおっさんたちにお尻とか触られると、本当は欲情していたんです。だからそんな時はこっそり、トイレや使っていない選挙カーでオナニーしていたんですね」

こんな場面でカミングアウトされても、藤倉としては戸惑うばかりだ。

「藤倉さん、知っていることぜんぶ話しますから、思い切り貫いてくれませんか」

陽子が立ち上がってスカートも脱いだ。

「シャワーを浴びたほうがいいですか？　それとも、そのままがいいですか？」

ナチュラルカラーのパンストを脱いで、ブラとパンティだけになっている。どちらも黒だった。

「そのままがいい……」

成り行き任せでそう言っていた。諜報員の本能だった。シャワーを浴びるとなれば、自分も応じなければならなくなる。その間、持ち物を点検されるのが怖い。

「じゃあ。攻めながら、質問してくれますか？」

陽子が目を細めながら、ブラを取った。ふたつの乳山が暴露された。大きい。乳首は小粒でアズキ色だった。

「やってください」

陽子がベッドに横たわった。グラマラスな肢体だった。やってくれというのだが、彼女のペースだ。藤倉は急いで、スーツを脱いだ。

真っ裸になった。半勃ちだった。扱きながら陽子の脇に寝ころんだ。勃起しなければ質問出来ない雰囲気だ。

「パンティは脱がせてくれますか」

「了解」

陽子の腰に手を掛け、つるん、と脱がせた。股布がシールのように剝がれる。驚いた。パイパンだった。

「毛があるとオナニーするときにいろいろ厄介なんです。トイレや車の中に散らかってしまいますから」

女の陰毛はそれほど抜けるものなのであろうか。

藤倉は片手で自分の棹を扱きながら、もう一方の手を陽子の肉裂に這わせた。

「あんっ」

陽子がビクンと身体をふるわせ、藤倉に抱きついてきた。量感のあるバストが藤倉の平らな胸板に当たった。乳首が硬直しているのが、ありありとわかる。

おかげで、藤倉も一気に硬直した。尋問態勢が整った。

「聞かせて貰おうか。小森守弘は、何を仕掛けていたんですか」

陽子の割れ目の中で、淫芽を探し当てた。膨らんでいる。摘まんだ。

「あぁああ……香港機関と繋がっていたんです」

「なんだって」

「あぁ、もっと、もっと弄って……中も」

藤倉は人差し指を淫穴に滑り込ませた。すぐに締め付けられた。ダイナミックなボディとは対照的なタイトな肉路だった。葛湯のような蜜に指が包まれた。

「地面師に当時の中国人諜報員が嵌まったのは、見抜いていたのですが、ざまぁみろと泳がせたそうです。中国側の資金を無駄使いさせたことは、日本側から見れば、幸いなことです。逆に嵌めたふたりの若者が復讐されないように、見張っていたと言います。あぁあ……いいっ、この指、いいっ」

陽子が藤倉の肉棒を摑んできた。摩擦を愉しみながら、尋問を続けた。

「それがなんで、中国と組むことになった」

「黒川さんです。あの人は、芸能界を隠れ蓑（みの）にした中国側の工作員です。スリーパーです」

藤倉は一気に興奮した。射精しそうなほどの興奮だった。スリーパーとはその国に根付いた諜報員を指す言葉だ。

快感の高潮が押し上げてきたのか、陽子は腰を突き上げてきた。藤倉は手首にスナップを利かせた。高速指ピストンだ。

「黒川のルーツは華僑（かきょう）ということか？」

「おそらく……もう挿れてくれますか？」

「おぉ」

藤倉は陽子の美脚をM字に割り広げ、自分の腰を割り込ませた。亀先を泥濘（ぬかるみ）に合わせ腰を打ち込んだ。ぬるっ。

「はぁ～ん」

陽子がのけ反った。

「鳥塚がとりもったのか」

ゆっくり腰を動かしながら訊いた。

「偶然、公安の秘密を知ってしまった鳥塚は、逆に桜田門からもマークされました。公安幹部からの毎朝上層部への働きかけもあり、鳥塚は二年後に学芸部へ異動になりました。このことは日本の公安でもトップシークレットになったのです。領土問題が絡むややこしい事案を見逃したのは大きな汚点になります」

密かに沖縄返還交渉が始まった頃だ。

「小森は、直接の担当者でしたから、もっともまずい立場です。早々に政界へ転身したのは、そこから逃げるためです」

警察の組織内候補者になることで、絶対に喋らないと服従の意を示したともいえる。

「問題はそのあとです」

陽子は目の下を赤く染めている。声はかすれ気味だった。藤倉は、剛直を叩き込みながら、話の続きを訊いた。

「あんっ、凄いです。あぅうう」

「鳥塚がどうした？」

「……鳥塚は学芸部に異動後、当時台頭してきていたファイアープロの黒川英雄と知り合います。さっきも言ったように黒川は中国側のスリーパーです。黒川は芸能プロの経営者として、鳥塚を取り込んだあとに小森の父にも接近します。選挙資金の提供や、選挙運動のために自社のタレントをフル稼働させました。もうズブズブの関係になったところで、公安情報や内調情報の提供を求め始めたんです」

「なんと……」

「もう逃げる手立てはなかったのです。発覚すれば、鳥塚も小森もすべてを失います。関係は今日まで続いています。小森家は親子二代です……」

「なんてことだ……」

「黒川とその背後にある香港機関の企みは、単に政界工作ではありません。日本の芸能界を牛耳ることで、中国に対する印象操作を計ることなのです」

諜報活動でもっとも重要な戦略は民衆扇動(デマゴーグ)だ。藤倉は戦慄(せんりつ)を覚えた。

スマホが鳴った。ジョニーからのメールだった。

【敵の拠点がわかった。オールスタッフ、本部に集合。明け方に襲撃態勢を取る。二時間後に鎌倉プリンスホテルで作戦会議だ】

藤倉は急いで、腰を動かした。とにかく射精しなければ何も始まらない。

終わったところで、藤倉は陽子から知り得た情報をすぐにジョニーにメールした。ジョニーからはメールではなく電話がかかってきた。情報元(ネタモト)と一緒のときに会話はしづらい。

藤倉は出るべきか躊躇(ためら)った。

4

十一月二十二日。未明。

中村晶子を乗せた貨物船「カーナビーツ」は石垣島から、フィリピン方向に向けて航行していた。神戸で二日停泊し、新たな荷を積んだようだった。晶子は毎日、乗組員に凌辱され続けていた。

いずれも船員はアフリカ系と中東系の人間たちばかりだった。

隙があれば何とか逃げ出したいと、神戸港停泊中には、みずから乗組員を誘って、たぶらかそうと試みたが、不発に終わった。停泊中はより厳重になり、部屋から一歩も出ることを許されなかった。

そのかわり海上に出てからは、甲板やキャビンの一部に連れ出されては、嵌めまくられた。周囲は大海原だ。逃げようがなかった。

現在の位置を把握できているのは、ときどき船長室でも、フェラチオを要求されたり、水平線を見ながら、バックで貫かれたりしていたからだ。モニターに浮かぶ海図で何となくわかる。

わかるからと言ってどうにかなるということではなかった。徐々に船が目的地に辿り着こうとしているのだ。

いまは甲板で機関長に挿し込まれていた。晶子は船の舳先で両手を広げて、バックから打たれていた。

この船の連中が言う「タイタニックスタイル」という体位だ。

人生最後に、こんなエッチを経験出来るのも、それはそれでいい。

「あぁあああ」

もはや刹那に身を委ねているほうが、気が休まった。神戸を出てからは思考力はゼロになったに等しい。

だからいまも星空を見上げながら、尻を振っているだけだ。

「あぁああ」

強烈な一打を打ち込まれて、顔を持ち上げたときに、星空の彼方から、一気にジェットヘリコプターがこちらに向かってくるのが見えた。幻覚にも思える。

物凄いスピードだ。ぐんぐん近づいてくる。機体にＨＳＣ－４とあるのが読めた。後ろから肉を繋げている男が唸った。

「ブラック・ナイツ？」

——それはなんだ?

晶子はさらに前方に目を凝らした。暗い海の波間に空母とそれを囲むように航行する一群が見えた。

「カールビンソン空母打撃群……」

挿入したままの男が言った。抽送(ちゅうそう)はいったん止めた。

とたんに、目の前に閃光(せんこう)が走った。

「えっ」

瞬(まばた)きした瞬間。ジェットヘリがほとんど同じ目線まで降りてきた。強力なライトを浴びせられる。

「あぁっ」

目が眩(くら)んだ。

バックで貫かれている最中に、真正面にヘリコプターが現れるなどということはめったにあることではない。

これは現実なのか、はたまた自分は3Dヴィジョンでも見ているのか。

晶子は混乱した。

甲板が真昼のように明るく映し出される。

背後の男が、何事か怒鳴った。

ジェットヘリは何度か晶子の身体を照らすと、いきなり急上昇した。

一瞬にして消えた。甲板が闇に戻る。

男はふたたび抽送を始めた。片脚を持ち上げられる。股も大きく広がる。新体操の選手のような格好で、平らな股座(またぐら)に棍棒をぐいぐい挿し込まれる。

「あぁああん」

三度目の極点を見たときに、頭上が真っ白になった。晶子は自分がついに狂ったのだと感じた。

それは間違いだった。本当に物凄い量の光が降っていたのだ。

真上を見上げると、合計五機のジェットヘリが強力ライトを放ちながら、舞っていた。

一斉に縄梯子(なわばしご)を降ろしている。そこから、ヘルメットを被り迷彩服を着こんだ男たちが、降りて来る。手にはマシンガン。ＡＫ－４７というやつだ。

さすがに男が男根を引き抜いた。

「海賊っ」

と叫んで、船長室に向かっている。晶子は取り残された。船内から機関銃を持った船員たちが十人ほど飛び出してきた。

その瞬間に、マシンガンの音が鳴り響き、銃口炎（マズル・フラッシュ）が閃いた。飛び出してきた船員たちは、あっという間に甲板になぎ倒された。

「トモダチ作戦パート２」

マシンガンを持った男のひとりが叫んだ。

少し遅れて、もうひとり降りてきた。ほかの男たちに比べて小柄だ。

ヘルメットは被っているが、カーキ色のスタジアムジャンパーにホワイトジーンズ姿だ。その人が叫んだ。女の声だった。

「中村さ〜ん」

区役所の順番待ちで呼ばれた感じ。

「はいっ、中村晶子です」

晶子は大声で答えた。

「お待たせしましたぁ。それじゃあ、日本に帰りましょう」

とても普通な感じで言いながら女が走りよってくる。

甲板に再び銃を持った船員が飛び出してきた。今度は二十人ぐらいだ。

「危ないっ」

晶子が叫び終わらないうちに、女のマシンガンが火を噴いていた。

ほんの五秒ぐらい。ガガガガ。女は笑顔で撃っていた。ゲーセンで遊んでいるような撃ち方だった。

女が空を見上げながら腕を回した。ロープが四本ほど垂れ落ちて来る。椅子のようなものがついている。晶子を座らせた。腰に安全ベルトを回された。

「ロープにしっかり摑まってね」

「はいっ」

こたえるなり、晶子の身体は星空に向かって引き揚げられた。グーンって感じ。

下方から女の声がする。

「中村さ〜ん。股、閉じたほうがいいですよ。アソコ丸見えです」

晶子はあわてて膝を閉じた。

午前六時三十分。空が白み始めていた。

玲奈は巡洋艦ヒラリーの甲板から、海上にいるワイルド・ワン号を発見した。相模湾(さがみわん)から外海に出たあたりだった。

米海軍空母打撃群のジェットヘリコプターHSC−40、通称ブラック・ナイツに乗せてもらって、横須賀基地に属する巡洋艦の上にまで運んでもらった。

「あのクルーザーに監禁されていたんです。樹里はまだ乗っているかもしれません」

玲奈の隣にやってきた中村晶子が、悪魔を睨むような目をした。五時間余りの間に、晶子からさんざん凌辱された話を聞かされた。

鶴岡八幡宮でスマホを投げたのが、彼女だった。あのとき拉致だと気が付き、救助していれば、彼女は傷つけられずに済んだのだ。

――許せないっ。

「仇を取ってあげるよ。あなたは、兵隊さんたちの指示に従って、あっちから来るクルーザーに乗り移って」

玲奈は正面に見えるワイルド・ワン号の後方二時の方向からやってくる赤い色をしたクルーザーを指さした。船名「レッド・コメッツ」。

「消防車みたいなクルーザーですね」

「うん。あれタイプの違う消防艇だから。放水とか出来るし」

「そうなんだ」

晶子は兵士に促されて、救命ベストを装着し始めた。

そうこうしているうちにワイルド・ワン号との距離は詰まった。ワイルド・ワンは停船した。巡洋艦をやり過ごそうとしているのだ。

この場合、回避義務がどちらにあるのか、玲奈にはわからなかったが、ワイルド・ワン号のほうはその場で停船して、巡洋艦の動きを見守ろうとしているようだ。

巡洋艦も止まった。晶子を運ぶ小型船の用意ができたようだ。晶子が運ばれていく。手を振っている。

ワイルド・ワン号の乗組員がその様子を見ていたのか、小型船舶に向けて、発進し始めた。玲奈は海を見つめたまま、片手を上げた。

ドッカーン。巡洋艦ヒラリーが空砲を撃った。空に向けて白煙が上がる。乗組員から聞いた話によると、海上パレードの際に使うのだそうだ。

ワイルド・ワン号は船体を震わせて、即座に停船した。ビビッたようだ。

玲奈は晶子がレッド・コメッツに乗り移るのを見届けて、諜報員用スマホ（エージェントモード）を手に取った。藤倉をコールする。呼び出し音が映画「男はつらいよ」のテーマソングだ。間延びしすぎた曲で、気合がそがれる。藤倉が出た。

「中村さんは保護した。お疲れさん」

「マニラからヘリコプターと巡洋艦を乗り継いで帰国するとは、思っていなかったわ。ジョニーさん、そこにいるの？」

文句のひとつも言いたい。

「いや、鎌倉プリンスホテルで日東フィルムズの社長の取り調べをしている。彼をうまく動かして、ワイルド・ワン号を割り出したんだ」

　局長はダイヤを運び出そうとしたホストの雄星をあえて追わせて、撮影をさせておきたかったのだという。このドキュメンタリー映像を後々活用するのだろう。

「私にとっては双六(すごろく)で『最初に戻れ』が出た気分よ。一週間前にダイヤを追ってそのクルーザーを偵察に行ったんだから」

「だよなぁ。でも一週間かけたおかげで、密輸ダイヤと香港機関のボスが芸能界のドンであることが判明したんだ。時間をかけた甲斐はあったさ」

「……実態解明にはね。だけど、その間に、凌辱され続けた人もいるのよ……多少の犠牲はしかたがないっていうの？」

　玲奈は声を荒らげた。

「すまない。議論している間はない。奴らはワイルド・ワン号を沖に運びだして、爆破するつもりだ。ダイヤはもうすべて、ホストたちが腰越(こしごえ)港に降ろしている。漁船に隠したが、そっちは唐沢と麻衣が横取りに出ている」

「了解。じゃあ、やるわよ。人質を確保するまで待機してね」

　玲奈は言って電話を切った。

ふたたび片手を上げた。将校がひとり近づいてきた。

「おたくら、マジかね」

白く透き通るような顔と蒼い瞳の持ち主である若者が、日本語でそう言った。

「ここ日本の領海だぜ。本当にUSネイビーの評判落ちないかね？」

「ニュースにしないから平気よ。マクレーンとペンタゴンと霞が関でダイヤの分配を決めたよ。四の五の言わないで」

「しゃーないな。じゃあ、やるか……」

将校はキャプテン室に戻って行った。

巡洋艦ヒラリーは突如前進した。ワイルド・ワン号の正面に向かっている。一気に間合いが詰まる。

ワイルド・ワン号があわてたように右に旋回した。玲奈から見て右だ。巡洋艦ヒラリーもわずかに右に舵を切った。ワイルド・ワン号の舳先の前に、ぬっ、とヒラリーが横顔を出す感じだ。

そっちから頬に当たれ。巡洋艦ヒラリーは減速した。誘われるようにワイルド・ワン号がヒラリーの右舷にコツンという感じで当たった。

人間で言えば、鼻に蠅が衝突したような感じだが、ワイルド・ワン号の舳先は大破した。ヒラリーに損害はまったくなかった。

「サンキュー・エブリバディ。今度、ヨコスカに遊びに行くわ」

言うなり玲奈は甲板からジャンプした。十メートルほど下にワイルド・ワン号。海風に全身を煽られたが、猫のように背中を丸めて、回転しながら落下した。ジョニー直伝によるステージ映えのする〈忍者降り〉だ。

ワイルド・ワン号の後部デッキに着地した。四つん這いだった。

踵がわずかに痛むが、垂直型の落下ではないので、衝撃は少なかった。すぐに右足を蹴り、キャビンに向かう。

ルーレットやブラックジャックの台のあるキャビンだ。

キャプテン室の扉が開いて巨体の男がのそりと現れた。ラム酒のボトルを持っていた。

名前は晶子から聞いていた。安岡だ。


見覚えもあった。鶴岡八幡宮の前で晶子を攫っていった男だ。人を何人も殺してきたような目だ。極悪な人相だった。

「爆発する船に、ようこそ」

安岡がいきなりボトルをルーレット台の縁に叩きつけた。ガラスの破片が飛び散った。

玲奈は怯まず、その破片を浴びながら突進した。

安岡は驚いた表情をした。玲奈のスピードに目が泳いでいる。

たいていの人間は目の前でボトルを割られたりしたら戦慄を覚えるのだろう。

——訓練を受けた諜報員を舐めたら困るわ。

コケ脅しの動作こそ、相手に隙を与える空虚な間となるのだ。玲奈は頬に当たったガラス破片を気にもせず、安岡のウエストにしがみついた。頭もしっかり胸板につける。相撲で小兵力士が巨漢力士に食らいつく格好だ。

安岡の胸部は鋼のように硬かった。

「くそが、上等じゃねぇか。締め殺してやる」

安岡が玲奈の背中に両手を回してきた。凄い力だ。続いて足払いを掛けられた。

「うっ」

上体が揺れた。胸板につけていた頭頂部が離れる。さすがに安岡はこの瞬間を見逃がさなかった。背中にあった手が腰に降り、ぐっと引き寄せられた。胸が合う。

「へっ。いい身体だ。一発やりたいが、そんな時間もない。このまま締め殺してやる」

尾てい骨のあたりで両手を組んだ安岡が、力を込めてくる。

「ううううっ」

骨が軋む音がした。合わされた胸も押し潰されてくる。

「そのバストはクッションにならない」

安岡が腰だけではなく背中を抱え込んできた。ベアハグだ。確かに胸が薄い分だけ、時間が稼げそうにない。

「うぅううぅううう」

息苦しくなった。

「俺はね、ハグ殺しが好きなんだよ。女だけだけどね。首を締めるのは初心者だな。あれは時間が短すぎる。あっという間だ。ハグ殺しはいいね。女の身体を抱きながら殺せるんだ……あんたそろそろ、失禁するよ……」

安岡の汗臭さが次第に薄れてきた。このまま絶入(ぜつじゅ)してしまいそうだ。だが、失禁はいやだ。

ならば……。

玲奈は安岡の股間に手を伸ばした。ファスナーに触れる。引き下ろした。

「おいおい、いまさら色仕掛けなんて、俺には、きかねぇよ」

安岡がせせら笑いながら、さらに身体全体を締めてきた。

「はぅうう」

動かせるのは手のひらぐらいだ。玲奈はファスナーの中に手を潜り込ませた。肉茎は勃起していた。まさに人を締め殺すことに欲情している様子だ。

安岡の極太の棹に五指を絡めて、握りしめた。ぎゅっ、と握る。

安岡が微かに尻を振った。ほんの少し、力が弱まった。玲奈は息を吸った。

「握ったまま死んだ女はあんまりいない」

安岡が気合を入れ直して、強力に締めてきた。

玲奈は、肉棹から手を離した。

「うぅうぅう」

息が絶えそうになった演技をする。本当に苦しいのは事実だが、二十パーセントほどまだ余力があった。それを悟らせずに、玲奈はすっと手を睾丸に伸ばした。

「おっ」

安岡が気づいた。

「てめぇ、死にやがれ」

背中から両手を離し、首を摑んできた。その直前にキンタマを盛大に握りつぶした。

「うぉおおおおおおお」

安岡が断末魔の声を上げた。

それでも玲奈は止めなかった。手のひらの中で胡桃を握りつぶす勢いで、圧した。

「うぉおおおおっ」

男根から尿が飛び出した。

「あんたが、失禁ね」

手を離し、焦点が定まらない目をしている安岡の股間に、今度は膝蹴りを食らわせた。

「くわっ」

フランケンシュタインのような顔をした男が、白目を剝き、デッキに両膝を落とした。口辺から涎が落ちている。

これで終わりにはしない。

朝陽に照らされた安岡の顔に、真横から回し蹴りを見舞った。何度も見舞った。残念ながら、劇画みたいに、首は宙に飛んでは行かなかった。

安岡は、そのまま横転した。

キャプテン室に飛びこむ。痩せた男が操舵していた。

「俺は何も知らない。この船を沖合に運んで、発火させろと言われただけだ」

「それであんたはどうやって逃げろって？」

「貨物船が近くに来ることになっている。コートジボワールの旗を立てたやつが……」

「残念ね。そこまで運べなくて」

「俺は、どうなる?」

「海に飛び込んで、あの赤色をしたクルーザーまで泳ぎなさいよ」

「へっ? 真冬だぜ……」

「時間ないわよ。私が爆破しちゃうから」

「わっ、わかった」

瘦せた男は、デッキから海に飛び込んだ。猛烈に泳いでいる。クロールなのだろうが、あわてているせいで、犬かきに見える。

その背中を見送り、玲奈は船底に降りた。通路の扉を開ける。

人気はなかった。

次々に扉をあけて、一番奥の部屋で、一組の男女を発見した。闇の中でセックスをしていた。床で正常位だ。玲奈は呆気にとられた。

扉が開き、光が差し込んでいるにも拘わらず、男も女も夢中で腰を打ちあっている。

「沢田さん?」

呼んでみた。男の横顔にかすかに見覚えがあった。

「あれ、岡本さん。翔栄社の岡本さん?」

男のほうは反応した。玲奈の方に顔を向けた。その顔は痣(あざ)だらけで、鼻も瞼(まぶた)も腫(は)れていた。玲奈を見て、頭を振っている。記憶がまだらになっているのだろう。交通事故で瀕死の重傷を負った患者などが、一時的に陥る症状だ。脳が現実を受け入れないのだ。

「あの、もう大丈夫ですよ」

玲奈は室内に踏み込んだ。

ふたりがセックスを止め、壁際に這って逃げた。不安な視線をベッド上に向けている。

玲奈が見た。

――でたぁ。

ダイナマイトが約百本。導火線は束ねられて一本化されている。

「大丈夫。これ火がつかなきゃ、怖くないから」

爆発物は爆発してこそ威力を発揮する。爆発しなければ、ただの火薬だ。

「さぁ、逃げましょう」

玲奈はふたりの手を引いた。岡本も樹里もふらつきながらも、ようやくついてきた。

すぐにスマホで藤倉に連絡した。

「人質確保。ほかに敵はいないわ」

「OK。すぐ行く」

デッキに上がると、すぐにレッド・コメッツが接近してきた。藤倉と江田が乗り込んできて、カップルを確保する。

ふたりを移動させた。

「任務完了ね」

と、玲奈が藤倉と握手するために手を差し伸べたとき、いきなり甲板にひとが飛び出してきた。

振り返る。雄星だった。どこかに隠れていたのだ……。

体にダイナマイトを巻き付けていた。約二十本。手にはオイルライター。

「そっちの船が来るのを待っていたさ」

「えっ」

雄星が真横につけられたレッド・コメッツに飛び乗った。ワイルド・ワン号のデッキに立つ三人は呆然となった。雄星がダイナマイトの導火線に火をつけ、船内に進んでいった。

「待てっ」

藤倉が叫んでレッド・コメッツに飛び移ろうとした瞬間、爆音が鳴った。自分たちが乗っているワイルド・ワン号の船底からだ。雄星がダイナマイトの山にも火を放ってきたに違いない。

「うそおお」

背中に火柱があった。レッド・コメッツに飛び移る余裕はなかった。玲奈も藤倉も江田も空中に飛んだ。ガソリンに引火したのだろう。二次爆発が起こっていた。

藤倉がレッド・コメッツに向かって、大声を張り上げている。

「加橋さーん、今野さーん。そいつ、潰してくださいっ」

空中を舞いながら玲奈はその声を聞いた。

「加橋さん？」

海面に落下しながらレッド・コメッツの後部デッキを見つめると、翔と見知らぬ女が、雄星にタックルしていた。

——翔君って、何者だ？

「ぉおおお」

雄星の唸り声が聞こえた。

翔と今野と呼ばれた女が雄星の両脚を抱え上げ、海に向かって放り投げていた。

「わっ」

玲奈は海面に叩きつけられる直前に、雄星の身体が輝くのを見た。真っ赤な光に包まれていた。

海中に沈んだ。藤倉と江田の姿も見える。手足を動かして、頭を上に向けようとしている。生きている証拠だ。

安岡の身体も見えた。藻草のように自然に流れていた。雄星の姿は見えなかった。分解してしまったのかもしれなかった。

玲奈は浮上態勢に入った。見上げると、いくつものゴムボートの底が見えた。どこから浮かんで来るかわからないので、十個ぐらい放り投げたようだ。

「ふわぁ」

ようやく海面に顔を出した。

ゴムボートのひとつに摑まった。翔が乗っていた。玲奈は這い上がった。

「今夜は同伴よろしく……ミッドタウンで飯でも食う?」

翔が言う。

「まるで、007のラストシーンね。男女が逆だけど」

「ごめん。俺、SISじゃなくてCIAなんだよね……香港機関、こっちも追っていたんだよね……玲奈と出くわしたのは偶然。すぐにスパイだってわかったけどね」

「スパイだって知ってセックスしたのね……」

色香に嵌めたつもりが嵌められていた。

「いや、スパイにも恋愛感情はある。嘘じゃない」

じっと見つめられた。

信じられる状況にない。玲奈はプイと横を向いた。十メートルぐらい離れたところに藤倉の乗ったボートが浮かんでいた。

「あの人も？」

「小森由里子の秘書だけど、もちろんＣＩＡスリーパー。小森由里子が香港機関に日本の公安情報を流しているのを突き止めるために、五年前から潜り込んでいた。公安も内調も小森に筒抜けになるから、非公然組織のＦＩＡを呼び込もうと決めたのは、今野さ。ダークウェブに情報を埋めたのも彼女だけど、ＦＩＡより先に、一般のジャーナリストが探知してしまったのには焦ったって……それでＦＩＡを誘導しなきゃまずいってことになった」

そのとき藤倉の声がした。

「俺さぁ、この人から全部聞き出したと思って、ジョニーさんにすぐ連絡したら、笑われたよ。『ユー、全部ＣＩＡに教えてもらったね』ってさ。それで、加橋さんにも連絡してもらって、レッド・コメッツに同乗してもらった」

最低の結末だ。

「私たち、ＣＩＡにすべて誘導されていたってこと？」

「じゃなきゃ、米軍使えないでしょ。空母まで出したんだから、こっちも莫大な経費だ。ちなみにジョニーさんは、鳥塚と小森の父親が知り合いだったという時点で、ＣＩＡに誘導されたって気づいたみたい。それでマクレーンの本部と連携を取ることにしたみたい。だけどクリトリスだけは、わかんなかったみたいだね……」

やれやれだ。

「でも、なんで、ＣＩＡが自分たちだけの手柄にしなかったの？」

「日本人が拉致されたからだよ。こうなるとＣＩＡ日本支局だけの手には負えないから……どうでいいけど、セックスしないか？」

「何も考えたくないときは、セックスだよね」

玲奈は翔に抱きついた。ゴムボートが揺られて、レッド・コメッツから離れていった。

当分ＦＩＡの会議には出たくない。

本作品はフィクションであり、実在の個人・団体などとは一切関係がありません。
総務省消防庁に諜報機関は存在しません。

一〇〇字書評

淫謀

切り取り線

購買動機（新聞、雑誌名を記入するか、あるいは○をつけてください）	
□（　　　　　　　　　　　）の広告を見て	
□（　　　　　　　　　　　）の書評を見て	
□ 知人のすすめで	□ タイトルに惹かれて
□ カバーが良かったから	□ 内容が面白そうだから
□ 好きな作家だから	□ 好きな分野の本だから

・最近、最も感銘を受けた作品名をお書き下さい

・あなたのお好きな作家名をお書き下さい

・その他、ご要望がありましたらお書き下さい

住所	〒				
氏名		職業		年齢	
Eメール	※携帯には配信できません	新刊情報等のメール配信を 希望する・しない			

この本の感想を、編集部までお寄せいただけたらありがたく存じます。今後の企画の参考にさせていただきます。Eメールでも結構です。

いただいた「一〇〇字書評」は、新聞・雑誌等に紹介させていただくことがあります。その場合はお礼として特製図書カードを差し上げます。

前ページの原稿用紙に書評をお書きの上、切り取り、左記までお送り下さい。宛先の住所は不要です。

なお、ご記入いただいたお名前、ご住所等は、書評紹介の事前了解、謝礼のお届けのためだけに利用し、そのほかの目的のために利用することはありません。

〒一〇一-八七〇一
祥伝社文庫編集長　坂口芳和
電話　〇三（三二六五）二〇八〇

祥伝社ホームページの「ブックレビュー」からも、書き込めます。
http://www.shodensha.co.jp/bookreview/

祥伝社文庫

淫謀　一九六六年のパンティ・スキャンダル

平成29年11月20日　初版第1刷発行

著　者　沢里裕二

発行者　辻　浩明

発行所　祥伝社

東京都千代田区神田神保町3-3
〒101-8701
電話　03（3265）2081（販売部）
電話　03（3265）2080（編集部）
電話　03（3265）3622（業務部）
http://www.shodensha.co.jp/

印刷所　堀内印刷
製本所　ナショナル製本
カバーフォーマットデザイン　芥 陽子

Printed in Japan ©2017, Yuji Sawasato　ISBN978-4-396-34370-5 C0193

祥伝社文庫の好評既刊

沢里裕二
淫爆(いんばく) FIA課報員 藤倉克己(ふじくらかつみ)
爆弾テロから東京を守れ！ あの『処女刑事』の著者が贈る、とっても淫らな国際スパイ小説。

沢里裕二
淫奪(いんだつ) 美脚諜報員 喜多川麻衣(きたがわまい)
現ナマ四億を巡る「北」の策謀を阻止せよ。局長の孫娘にして英国諜報部仕込みの喜多川(きたがわ)麻衣(まい)が、美脚で撃退！

安達 瑶
ざ・だぶる
一本の映画フィルムの修整依頼から壮絶なチェイスが始まる！ 愛する女のために、男はどこまで闘えるのか⁉

安達 瑶
ざ・とりぷる
可憐な美少女に成長した唯依(ゆい)は、予知能力を身につけていた。彼女の肉体を狙い、悪の組織が迫ってくる！

安達 瑶
ざ・りべんじ
凄惨な事件の加害者が次々と怪死。善と悪の二重人格者・竜二(りゅうじ)&大介(だいすけ)が、少年犯罪の闇に切り込む！

安達 瑶
悪漢刑事(わるデカ)
「お前、それでもデカか？ 人間のクズじゃねえか！」――罠と罠の掛け合い、傑作エロチック警察小説！